우리가
함께 듣던
🌙
밤

너의
이야기에
기대어 잠들다

허윤희
에세이

오프닝

SNS를 보면 짧고 캐주얼한 글들이 넘쳐나는데, 저는 이상하게도 그 몇 문장을 적는 게 쉽지 않았습니다. 끄적이는 걸 좋아하면서도 제가 쓴 글을 다른 사람이 읽고 있는 모습은 왠지 상상하기 어려웠고, 활자로 남아 오래도록 남겨진다고 생각하니 나중에 읽고 부끄러워하지 않을 자신이 없었습니다.

'잘해내지 못할 바엔 아예 시작을 말자.'

그동안 적지 않은 제의가 있었지만, 언젠가 좋은 때가 있겠거니 하며 미루고만 있었죠.

이렇게 게으르고 용기 없는 저를 움직이게 한 건 한 뭉치의 사연이었습니다. 평소 방송에 미처 소개하지 못한 사연들과 기억에 남는 글을 사진으로 찍어두거나 출력해서 가지고 다녔는데, 어느 날 오후 카페에 앉아 그 뭉치를 읽다 보니 '아, 이대로 버리긴 아깝다'라는 생각이 들었습니다.

'이들은 늦은 밤 라디오를 켜고 어떤 생각을 하며
이런 사연을 썼을까……'

그 이야기 뒤에 남은 여운을 더 오래 느끼고 또 남기고 싶었습니다. 자리에서 몇몇 사연을 옮겨 쓰고, 뒤따르는 생각을 두서없이 적어 내려갔습니다.

사연을 소개한 뒤 생각을 정리할 틈도 없이 코멘트를 하는 게 늘 아쉬웠는데, 글을 쓰며 그런 갈증이 조금씩 해소되었습니다. 어느 순간에는 과거의 나와 만나 화해하는 희열을 느끼기도 했습니다.

처음부터 한 권의 두툼한 책을 생각했다면 절대 시작하지 못했을 일입니다. 쓰고 지우고 또 쓰고 지우고…… 깜빡이는 커서와 텅 빈 화면이 얼마나 무서운지 알게 되었고, 제 이야기를 세상에 꺼내놓기가 참 어렵다는 사실도 깨달았습니다. 그렇게 이 책을 써내려간 2년은 그 여느 때보다도 저를 성장시켜준 시간이었습니다.

갈팡질팡하고 불안해할 때마다
제 안의 힘을 믿게 해준 사랑하는 가족들과
제 이야기에 귀 기울여주시는 여러분께
감사의 인사를 전합니다.

2018년 초겨울
허윤희

• 일러두기

　본 책에 등장하는 표현과 맞춤법은 국립국어원 표준국어대사전을 기반으로 하되,
몇몇 경우 라디오 방송을 진행하는 저자의 호흡과 어휘 사용을 최대한 살릴 수 있도록
예외를 두었음을 미리 밝힙니다.

차례

1부

우리는 매일
부끄러움을 먹고 자란다

6부

내가 머물던 세상은
어느덧 한 뼘 더 아름다워져 있었다

1부

우리는 매일
부끄러움을 먹고
자란다

비밀을 말해줄게

✳ 입이 가벼운 편은 아닌데
담고 있기 무거운 비밀이었어요.
나만 알고 있는 이 사실이
왠지 좀 두려워지기도 하고요.
친구가 지켜줄지는 모르겠지만
어쨌든 털어놓고 왔습니다.
어쩌면 그의 입에서 흘러나오는 말을 듣는 순간부터
비밀은 아니었던 거죠.
왜 우린 자꾸만 비밀이라면서
누군가에게 말하고 싶은 걸까요?

_ 0039 님

비밀이라는 말, 너만 알고 있으라는 당부는
내가 지닌 버거움과 외로움의 무게를 나눠 갖자는
의미일 것이다.
"임금님 귀는 당나귀 귀!"
구덩이를 파고 소리 질러야 했던 늙은 이발사의 마음이
절로 이해될 만큼 갑갑한 순간에
우리는 이렇게 말하곤 했다.

여기 내 두려움 하나를 꺼내놓을 테니.
그 반짝이는 눈으로 내게 한 걸음 다가와 달라고.
너 역시 그런 비밀 하나를 털어놓고
나만 그런 게 아니라 말해달라고.

생각보다 많은 관계가
그런 내밀한 이야기를 공유하며 친밀함을 쌓아간다.

음, 사실은…
내가 있잖아…
너만 알고 있어….

하지만 결코 쉽게 꺼낼 수 없는 이야기도 있다.
기억을 떠올리는 것조차 달갑지 않은

불안 혹은 열패감.

보듬을 새 없이 오랫동안 끌고온 상처.

> ✳ 언니, 제 별명은 스마일걸이에요.
>
> 여간해선 화내거나 찡그리는 일이 없고
>
> 누군가의 부탁을 잘 거절하지도 못하거든요.
>
> 아마 학창 시절에 친했던 친구들에게
>
> 따돌림을 당한 이후부터였을 거예요.
>
> 이런 제가 정말 싫었어요.
>
> 그런데 저 요즘 조금씩 변하고 있답니다.
>
> 퇴근 후 드럼을 배우기 시작했는데
>
> 스트레스도 해소되고
>
> 거기서 만난 친구들 덕에 점점 씩씩해지고 있어요.
>
> 어젠 누구에게도 얘기하지 못했던
>
> 속마음을 털어놓고 펑펑 울기까지 했답니다.
>
> 자고 일어나보니 좀 창피했지만
>
> 그래도 마음이 한결 개운해요.
>
> _ 6446 님

대개 우리가 '비밀'이라 부르는 것들은

언제든 쳐낼 수 있는 잔가지인 경우가 많다.

가슴 깊숙한 곳에 뿌리를 내린 이야기에는

'비밀'이란 이름조차 붙이기 힘드니까.
그러니 그 오랜 두려움을 입 밖에 꺼내놓았다는 건
누군가를 믿어서라기보다는 스스로가 변했기 때문이다.
더 이상 나를 흔들 수 있는 고통이 아니라고 생각하기에
가능한 일이다.

"이건 윤희 씨한테만 얘기할게요."
정말 나만 알고 있어야 하나… 왜 굳이 나에게….
익명으로라도 소개를 해야 하나 잠시 고민하다가
일기장이 아닌 라디오에 자신의 비밀을 털어놓는
이들의 마음을 헤아려본다.
알리고 싶지 않지만,
한편으론 홀가분히 털어내고 싶은 그 마음을 짐작해본다.
오늘도 크고 작은 이야기 보따리를 들고 찾아올 이들.
그들이 조금씩 파놓은 이 깊고도 얕은 구덩이에
시름 하나, 한숨 한 모금씩 던져 넣고
잠들 수 있길 바라본다.

이제는 당신만의 짐이 아니니
걱정 말고 편히 쉬기를.

우리가 함께 듣던 밤

❋ 오늘 알바하다가 바닥에 넘어졌는데
어깨랑 다리가 계속 아파요.
엄마한테는 아무 말 않으려고 했는데
전화 통화하다가 그만 다 얘기하고
울기까지 한 거 있죠.
절 위로하느라 애써 담담하게 얘기하셨지만
전화기 너머 상심한 엄마의 모습이 눈에 선했어요.
생활비 보내줄 테니까 오늘 저녁은 비싼 거 먹으라는
그 목소리에 더 펑펑 울고 말았어요.

_ 2471 님

힘든 속내를 완벽하게 감추고
장한 딸, 멋진 아들로 남고 싶은 마음과
다 털어놓고 품에 안겨 아이처럼 울고 싶은 마음.
엄마를 향한 마음은 늘 두 갈래였고
대부분 우린 전자를 택했다.

하지만 아무리 마음을 굳게 먹어도
속수무책으로 무너지는 날이 있다.
무엇 하나 내 뜻대로 되지 않던 하루의 끝,
터벅터벅 힘없이 걷다 발목을 삐끗한 그 골목이나
우산도 없이 마지막 버스를 놓쳐버린 비 오는 밤,
라디오에서 들려오는 엄마를 향한 애틋한 사연에
억눌러온 설움은 금세 되살아난다.
그저 엄마의 목소리, 익숙한 냄새면
모든 문제가 다 해결될 것 같다.

사실 위에 소개한 글은 내 어수룩한 스무 살이 떠올라
한참을 들고 보던 사연이다.
처음 주어진 기회들을 누리는 게
마냥 신기하고 즐거웠던 그때.
나는 졸업을 하자마자 집 근처 사진관에서
첫 번째 아르바이트를 시작했다.

영유아들의 각종 기념사진을 촬영하는 곳이었다.
사장님은 친절하고 의욕 넘치는 분이었고
평소 아기를 좋아하던 내게
이만한 기회는 없을 것 같았다.

하지만 현실은 녹록지 않았다.
아이들을 좋아하는 것과 울지 않게 잘 어르는 일은
다른 문제였고
초짜 알바생의 일과는 기대했던 역할놀이와는
거리가 멀었으며
집안일을 살뜰히 챙겨본 적 없는 내게
쏟아지는 주문을 능숙히 처리하는 능력이
바로 생겨날 리도 만무했다.

낯을 많이 가리는 아기들이 몰린 날이었다.
하이 톤의 목소리나 딸랑이는 전혀 소용이 없었고
엄마들의 표정과 사장님의 얼굴은 점점 굳어갔다.
촬영 도중 사진이 맘에 들지 않는다며
환불해달라는 전화까지 걸려오자
분위기는 급속도로 가라앉았다.
이러지도 저러지도 못한 채 눈치만 보고 있던 내게
사장님은 싸늘한 어투로 할 일을 지시한 뒤 나가버렸고,

나는 인화지를 커터로 자르다가
칼날에 손을 베이고 말았다.
사진 위에 떨어진 핏자국을 지우려 허둥지둥하던 나는
결국 자리에 주저앉고 말았다.
'나는 참 어리구나……'
그 사실만은 제대로 확인한 시간이었다.

얼마 뒤,
최저 시급에도 한참 못 미치는 월급봉투를 받아들고서
터덜터덜 집으로 돌아오는 내내
떠오르는 얼굴은 하나뿐이었다.
엄마…….

'돈 버는 게 쉬운 일이 아니지?
괜찮아. 다 경험이다'

조건 없이 늘 내 편이 되어주는 존재.
내 어리고 나약한 모습을
있는 그대로 보여도 괜찮을 사람.
그 사랑의 힘이 어떤 의미인지 품에 안겨본 사람은 안다.
괜찮아… 괜찮아.
나지막이 등을 두드려주는 그 손길을

느껴본 이라면 안다.
애초에 그 앞에서 힘든 속내를 감춘다는 것 자체가
불가능한 일이라는 걸.

※   엊그제 무주로 여행 준비한다는 사연을 듣고
     무주에 계신 엄마가 보고 싶어져서
     바로 기차표를 예매했어요.
     오늘 퇴근 후 룰루랄라 기차역에 도착해서 보니
     기차표를 잘못 예매해서 이미 기차가 떠났지 뭐예요.
     취소 수수료 7,900원. 기차표는 매진.
     이 시간이면 엄마 옆에서 누워 재잘거리고 있을 시간인데,
     접시에 코 박고 있습니다.

     _ 푸른돛 님

망연한 표정으로 역에 서 있었을 그 모습이 그려져
안타깝고 짠한 마음이었지만,
아마 기차가 이미 떠난 걸 확인하기 전까지는
하루 중 가장 행복한 순간이었으리라.

오늘도 어김없이 찾아올 것이다.
며칠 동안 이어진 야근에 천근만근인 몸을 이끌고도
기어이 그곳으로 간다는 작은 연어들이.

겹겹이 싸맨 택배 상자 속
냉장고를 가득 채우고도 남을 양식에
눈물을 터뜨리고만 어른아이들의 고백이.

흔들리는 차창에 기대어
달콤하고 살가운 엄마의 품을 떠올리는
이들의 이야기가.

이
불
킥

※ 가수가 되려는 생각으로

가득 부풀어 올랐던 때가 있었어요.

오디션마다 다 떨어져도 절대 기죽지 않았고

도리어 스타가 될 인물을 못 알아본다며

큰소리치고 다닐 정도였어요.

하지만 며칠 전, 판도라의 상자를 열어버렸습니다.

당시 제 노래가 녹음된 데모 테이프.

하… 오디션 담당자에게 미안할 정도였습니다.

긴 방황을 접고 회사에 들어갔을 때 왜 친구들이

그토록 잘 생각했다고 축하해줬는지 알 것도 같네요.

_ 3297 님

오래전 철없이 했던 말이나 행동이 불현듯 떠올라
이불 속에서 얼굴을 붉히는 밤이 있다.
정작 중요한 일은 잘도 잊어버리면서
이런 찌질한 기억은 왜 집요하게도 간직하는지.
허공에 실컷 발길질이라도 하지 않으면
견딜 수 없는 흑역사의 날들.
그리고 잠시 뒤,
한껏 달아오른 부끄러움이 잦아들면서 드는 생각이다.

'아… 누군가에겐 그때의 내 모습이
전부로 남아 있을 수도 있겠구나.'

우연히 거리에서 나를 향해 환하게 웃으며 걸어오는
낯익은 얼굴과 맞닥뜨렸다.
'누구더라. 분명 아는 사람인데.'
세 살 쯤 되어 보이는 딸아이의 손을 잡고 걷던 그녀는
내 앞에 멈춰서 반갑게 인사를 건넸다.
"이게 얼마만이야?"
생각났다.
영어 스터디 그룹!
내 기억 속 그녀는 시시껄렁한 농담을 즐겨하던,
공부보단 끝나고 이어질 술자리에 더 관심이 많은

조금 정신없는 아이였다.

"와… 너 많이 변했다."

말투도, 분위기도, 여유 있게 웃는 예쁜 표정도

정말 다른 사람이라고 생각될 정도였다.

"풉, 그땐 많이 어렸지. 창피하다, 야."

그래. 어렸다.

그리고 그건 나도 마찬가지였다.

또래보다 훨씬 성숙하고 철든 애라는

혼자만의 생각에 도취된 스무 살.

그 무렵을 떠올리면 언제나 얼굴이

붉어지는 장면이 하나 있다.

대학 입학 후 친구의 소개로 알게 된 아이였다.

내게 없는 밝고 에너지 넘치는 모습에 이끌려

만나게 되었지만,

어느 순간부터 그 해맑음과 천진함이

미래를 고민하지 않는 한심함으로 보이기 시작했다.

더 큰 문제는 이런 마음을 그 애의 부모님에게도

들킨 적이 있다는 사실이다.

점심을 사주겠노라 학교 근처로 찾아온 그의 어머니 앞에서

내가 어떤 말을 건넸는지 정확하게 생각나진 않지만,

순간 스쳐간 쓸쓸한 표정만큼은 지금까지도 생생하다.

"아… 그래. 얘가 좀 철이 없지.
네가 힘들겠구나."

도대체 그게 무슨 무례였는지⋯⋯
무슨 자만심이었는지⋯⋯.

우리는 매일 부끄러움을 먹고 자란다.
말 못 하는 어린아이를 호되게 혼내놓고
엄마 역시 엄마가 처음이라며 엉엉 울던 그녀는
웬만한 말썽엔 눈 하나 꿈쩍 않는 어머니가 되었고,
오래전 흡족한 마음으로 써놓은 시 한 편을 우연히 읽고
얼굴이 붉어진 오늘의 나는 지금 쓰고 있는 이 글이
언젠가 또 비슷한 후회로 남게 되리라는 사실을 알고 있다.

그날의 나도, 지금의 나도
모두 나지만
어제의 내가 부끄러워 견딜 수 없는
오늘의 나는

어쩌면 전혀 다른 사람인지도 모른다.

우리가 누군가에게 한 번 더 기회를 줘야 하는
이유가 있다면 바로 이것이 아닐까.

가만히 귀를 기울이던 너에게

꽃 일도 연애도 뭐 하나 제대로 풀리지 않아

답답한 날들을 보내고 있었는데

오늘 회사 앞으로 친구가 찾아왔어요.

힘내라거나 잘될 거라는 그 흔한 위로 한마디 없었지만,

하소연에 가까운 내 푸념을

끝까지 진지하게 들어주던 녀석에게

큰 위로를 받고 집에 돌아갑니다.

'또 연락해라~'라는 인사를 남기고 떠난

친구의 뒷모습을 보며 피식 웃었습니다.

저런 든든한 친구가 있는데

해내지 못할 일이 또 뭐가 있겠어요.

_ 3085 님

돌아보면 그랬다.

정말 힘들 때 떠오르는 사람은

정신 번쩍 들 만큼 따끔한 충고를 하던 이도

특별한 조언이나 해결책을 전해준 이도 아니었다.

언제든 너의 편에 서 있겠다는

기꺼운 믿음과 응원을 보내준 사람.

이미 오래전부터 내 안에 있었지만

잊고 있던 그 답을 기억하게 하는 사람이었다.

사실 매일 많은 이의 사연을 소개하면서

어떤 말을 덧붙일지 고민하다가

그들의 심정이나 상황에 온전히 공감하지 못했던 때가

많았음을 고백한다.

방송을 시작하던 초창기엔 더더욱 그랬다.

내가 어떤 말을 하는지가

방송의 질을 결정짓는 중요한 요인이라 생각했고,

사람들 역시 DJ의 코멘트나 조언을 듣기 위해

사연을 보내는 거라 의심 없이 믿었다.

큰 착각이었다.

편히 마음을 누일 공간,

편견 없는 따뜻한 공감.

우리가 함께 듣던 밤

사람들에게 필요한 건 이것이었다.
누군가의 오랜 애청자였던 내가 그랬듯이.

사연을 써내려가는 일 자체가
위로가 되는 날도 있었다.

가족도, 친구도, 애인도 아닌 조금은 낯선 수신인.
현실과 가상의 세상 어느 경계에 자리한 그에게
하루 일을 고백하다 보면
나를 힘들게 했던 그 얼굴을 조금 더 느긋하게
바라볼 수 있게 되고,
아무리 고민해도 결론이 나지 않던 문제 앞에서
다시 한 번 마음을 짚어볼 수 있었다.

이 소소한 경험이 얼마나 충만한 행복을 주는지.
온종일 울고불고 매달리던 그 일이
실은 생각만큼 대수롭지 않은 일이었음을 느끼고,
다른 이들의 이야기에 웃거나 눈물지으며
혼자만의 경험이 아니라는 사실에 안도하기도 했다.

나는 그저 내 맘 같지 않은 사람들 틈에서
힘겹게 하루를 보낸 그들에게,

여기 당신의 편이 있다고
가만히 귀를 열어 응원을 보내는 사람이 되는 것으로
충분했다.

그걸 알게 되는데 제법 많은 시간이 걸렸다.

✉

「그래……내가」 할 수 있는 일이 있으면 말해, 라고 말하려
다 그만두었다. 다만, 이렇게 밝고 따스한 장소에서, 서로 마
주하고 뜨겁고 맛있는 차를 마셨다는 기억의 빛나는 인상이
다소나마 그를 구원할 수 있기를 바란다.

_ 요시모토 바나나, 『키친』(민음사, 1999, 103쪽) 중에서

따끈한 차는 내어올 수 없지만,
지금 당신과 마주 보며 눈을 맞출 수도 없지만,
여기 기억 속 희미하게 남아 있는 음악 한 조각이
단단하게 묶인 마음의 매듭을 살짝 풀어놓을 수 있길
바라본다.
끊임없이 변하는 세상 속에도
변하지 않는 온기를 가진 공간이 하나쯤 있었지, 하고
안도할 수 있기를 바라본다.

우리가 함께 듣던 밤

※ 밥 먹고, 이동하고, 잠시 휴식하는 시간을 제외하면
온종일 카메라를 들고 있습니다.
좋아하는 일로 먹고사는 건 참 좋지만,
좋아하는 일이 직업이 되어버리면
설레던 그 마음이 사라지기도 합니다.
때론 카메라를 보기만 해도 진저리가 나고요.
오늘도 아이를 재워놓고 컴퓨터 앞에 앉았습니다.
언제쯤 마무리할 수 있을까요.

_ 재석 님

좋아하는 일에서 환상이 지워지고
설렘이 사라져가는 걸 보는 건

참 서글픈 일이다.
조금씩 성장해가는 모습을 느긋하게 즐기던 삶에서
타인의 평가를 의식하는 결과 위주의 삶으로 바뀌는 것.

'그래. 역시 일과 취미는 분리해야지.'

하지만 잘할 수 있는 일과 좋아하는 일을
완벽하게 나눌 수 있는 사람이 몇이나 될까.
좋아하다 보면 잘하고 싶어지고
잘하다 보면 더 많은 사람의 인정을 갈구하게 된다.
때론 취미를 취미로만 남겨두는 일이
더 어렵게 느껴진다.

생계를 위해 발 담갔던 일에 재미를 느끼고
평생의 업으로 삼은 사람이 있는가 하면,
바늘구멍의 확률로 어렵게 입사하고도
매너리즘에 빠져 사표를 던지는 사람도 있다.
아니, 비일비재하다.

꿈은 때로 비루한 일상이 되고
매일 마주하던 오늘이
그토록 바라던 꿈이었음을 깨닫기도 한다.

우리가 함께 듣던 밤

나 역시 확신이 없었다.
이게 정말 원하던 일이었는지
취업을 앞두고 불현듯 떠오른 하나의 생각이었는지.
남들보다 조금 늦게 면접을 준비하며
방송사의 문을 두드리던 일 년여의 시간 동안
분명하게 느낀 건 하나였다.

'나는 방송에 재능이 없는 사람이구나.'

카메라 앞에 서면 여지없이 머릿속이 하애졌다.
원고를 쥔 손과 목소리는 형편없이 떨렸고
준비한 내용의 반의반도 보여주지 못하고
돌아오기 일쑤였다.

도대체 왜.
뭘 믿고 시작한 걸까.
하루에도 몇 번씩 후회했다.

'이번에도 떨어지면 깔끔히 접자.'

그렇게 마지막으로 도전을 결심했다.
때마침 한번 지원해보라며 친구가 전해준 모집 공고.
그곳은 라디오 방송국이었다.
라디오…
그래. 라디오…
왜 잊고 있었을까.

교복 재킷 속에 이어폰을 감추고
터져 나오는 웃음을 애써 참던 소녀가 떠올랐다.
DJ가 건네는 말 한마디를 놓칠세라
녹음해서 듣고 또 듣던 그 시절이 순식간에 되살아났다.
앞에 나서기를 누구보다 싫어하던,
사람들의 시선을 두려워하던 내가
왜 그렇게 이 일에 매달렸는지 그 이유를 알 것 같았다.
라디오라면 평생 지치지 않고 할 수 있을 것 같았다.

심장이 미친 듯이 뛰었다.
긴 기다림 끝에 합격 소식을 전해 듣던 날도
그 순간의 짜릿함엔 비할 수 없었다.

우리가 함께 듣던 밤

지치지 않을 것이라던 약속을 잊고
무너져내리는 밤이 찾아오면
의식적으로 그날을 떠올리곤 한다.
그러면 완벽한 회복까지는 아니더라도
희미한 미소 정도는 품고 잠들 수 있다.
좋아하는 일을 직업으로 삼은 이들에겐

그 순간의 '설렘'이야말로
무뎌진 일상을 살려낼 수 있는 비장의 무기.

　※　아들이 사뭇 진지한 얼굴로 제게 말합니다.
　　　드디어 정말 하고 싶은 일을 찾았다고.
　　　태권도 할 때가 가장 행복했다고요.
　　　행복까지 들먹이기에 우선 보내주었어요.
　　　도복을 입고 신나서 나가는 아이 뒷모습을
　　　걱정스런 눈으로 바라보게 돼요.
　　　고3에 태권도라니······
　　　제발 공부도 잘할 거지?
　　　그럴 거지?
　　　_ 5827 님

재능은커녕 좋아하는 일을 찾는 것조차
쉽지 않은 게 현실이다.
그렇기에 나는 이 태권보이의 미래가
그다지 걱정되지 않는다.
훗날 그 꿈을 계속 이어가든 그렇지 않든
이날의 강렬한 감정은 두고두고 남아
그를 움직이게 할 테니.
단 한 번만이라도 이르길 원했던 그곳에
익숙한 모습으로 살고 있는 내가
오래전의 내게 어떤 빚을 지고 있는지
한 번쯤 돌아보며 웃게 될 테니.

새 학년에 올라갈 때마다 적응 기간이 유독 긴 편이었지만
고등학교에 입학하던 그해는 정말 유난스러웠다.
또다시 낯선 교실에 던져졌다는 부담감도
노력만큼 오르지 않던 성적도 괴로웠지만
무엇보다 견디기 힘들었던 건 하루의 대부분을
학교생활에 바쳐야 한다는 사실.
해가 뜨기 전 반쯤 감긴 눈으로 등교하고
결코 자의가 아닌 자율학습을 마친 뒤
다시 어둠 속을 걸어 집으로 향했다.
잠시 눈을 붙이고 일어나면 또 반복되는 하루.
이런 생활이 앞으로 3년이라고?

가장 지독한 월요병을 앓았고,
증상은 일요일 저녁 8시경부터 서서히 시작되었다.
역대 최고의 시청률을 기록했던 드라마
「첫사랑」이 방영되던 시간.
내겐 슬픈 감정선을 이어가는 인물들의 흐릿한 얼굴과
처량한 음악만이 전부로 남아 있는 드라마다.

Stratovarius의 「Forever」.

이렇게까지 슬플 필요가 있을까.
더 이상 보태지 않아도 충분히 울 것 같은 마음을
사정없이 내리치는
처연한 바이올린 연주와
시인 같은 가수의 음성.
지금도 이 음악을 들으면
그 밤이 가지 않기를 바라고 바라던
열일곱의 봄으로 돌아가곤 한다.

하지만 눈뜨기 싫었던 몇 번의 월요일을 보내면서
결코 적응할 수 없을 것 같던 학교생활에도
조금씩 정붙일 거리가 생겨났다.
죽이 맞는 친구를 만났고

5월의 교정은 생각보다 예뻤다.
갓 부임한 만화 캐릭터를 닮은 화학 선생님은
수프가 먼저냐, 면이 먼저냐는
장난스러운 질문도 웃어넘기지 않고
기어이 비커에 라면을 끓여 먹게 했고,
얼음 왕자처럼 핏기 없고 차가운 지리 선생님의 얼굴에
어쩌다 피어오르는 미소는 모두를 쓰러지게 했다.
가슴을 두근거리게 만드는 가수가 생겼고
그는 곧 내가 가장 좋아하는 라디오의
DJ가 되어 야자시간의 고통을 덜어주었다.

또 한 해가 저물어 가네요.
예전엔 크리스마스가 마냥 신나고 즐거웠는데
이젠 며칠 후 나이 한 살 더 먹게 된다는 사실에
서글프기만 하네요.

8월의 마지막 밤입니다.
유난히 덥고 지독했던 이 여름이
결국엔 그리워지게 될까요.
애증의 8월을 보내고 이제 가을로 갑니다.

하루, 한 주, 한 달의 끝과 한 해의 마지막.

우리가 함께 듣던 밤

어른이 되어서도 월요병 같은 순간들은 수시로 찾아왔다.
내일로 한 걸음 건너간다고 해서
뜨거운 태양이 금세 표정을 바꿀 리도 없고
새 달력의 첫 장을 넘긴다고 해서
훈장처럼 주름살을 바로 부여받는 일도 없을 텐데.
우린 끝없이 이어지는 시간을 촘촘히 나누고
경계를 만들며 그 선 위를 조심스레 걸어갔다.
이 밤이 영원하기를 꿈꾸거나
어서 빨리 지나가길 바라며……

세월이 가는 건 야속하지만
기대할 것도 기다릴 것도 없는 삶만큼
끔찍한 일도 없으니
어딘가에 후회로 가득한 오늘을, 이 계절을
매듭지을 선이 필요했는지 모른다.
그리고 그 끝은 언제나 또 다른 시작과
맞닿아 있었다.
당혹스러운 사건과 예상 못한 행복을 가득 껴안은
새로운 아침과 새로운 계절이
눈을 뜨고 있었다.

✉

엘리자가 말했어요.

세상은 생각대로 되지 않는다고.

하지만 생각대로 되지 않는다는 건

정말 멋진 일이네요.

생각지도 못했던 일이 일어나는 걸요.

_「빨간머리 앤」중에서

방송 계통의 일을 하면서도
평소 다른 사람의 시선을 의식하지 않고 지낼 수 있는 건
라디오만의 장점 중 하나다.
이름이 특이한 것도, 얼굴이 알려진 것도 아니니
누군가 직업을 묻거나 내가 먼저 말하기 전까지는
나를 알아보는 사람은 거의 없는 편이다.
하지만 이런 생활을 익숙하게 여기다
당황했던 때도 없진 않다.

집 근처 요가학원에 등록해
뻣뻣한 몸을 이리저리 구부리려 애쓰던 날이었다.
그날따라 강사는 출석을 부르며 서로 얼굴을 익혀보자고 제

안 했다.

곧 내 이름이 불렸다.

"안녕하세요.

잘 부탁합니다."

짧은 인사 몇 마디 전했을 뿐인데

묘하게 앞자리 수강생의 흘끔거림이 느껴졌다.

'에이, 설마……'

아니나 다를까.

탈의실에서 다시 마주친 그녀는 내게 조심스레 물었다.

"저기, 음, 혹시, 그 라디오 맞으세요?"

집으로 가는 방향까지 비슷해서

같이 걸으며 짤막한 이야기를 나누었는데

내 머릿속엔 온통 다른 생각뿐이었다.

'오늘 왜 이 옷을 입고 왔을까.

내가 여기서 제일 못하는데 큰일이네.

언제 와야 마주치지 않을 수 있을까?'

그녀의 시선을 의식하기 시작한 뒤로

조금씩 수업에 빠지는 날이 늘어났고

몇 주 후 나는 결국 학원에 다니기를 포기했다.

우리가 함께 듣던 밤

그 뒤

미용실에서,

은행 창구에서,

택시에서,

비슷한 상황을 맞닥뜨릴 때마다

황급히 도망갈 핑계를 만들고

두 번 마주치지 않을 방법을 궁리했다.

인정하지 않을 수 없었다.

문제는 나라는 걸.

사실 그간의 생각은 이랬다.

'심야 라디오 DJ에게는

어느 정도의 환상을 가지고 있는 편이 좋다.'

목소리에만 의지하는 매체이기에

듣는 이의 상상을 덧입혀

그 순간만큼은 가장 가까운 친구나 가족,

때론 달콤한 연인이 될 수 있어야 한다고.

장성한 자녀를 둔 청취자가 내게 '언니'라고 부르는 일도,

프로필을 검색한 뒤 '깜빡 속았다'며

사연을 보내는 일도 아주 흔한 일이지만

나는 그것 또한 라디오의 매력이라 생각했다.

물론 지금도 그 생각을 바꾼 건 아니지만,

무의식중에 그 친구나 언니가
꽤 멋지고 완벽한 모습이어야 한다는
전제도 가지고 있었던 것 같다.

완벽할 수가 있나?
그럴 리가……

나는 사람들이 짐작하는 것보다 훨씬 덜렁거리고
성격도 급하다.
매우 자주 긴장하며 실수도 잦다.
물론 화날 때는 목소리도 커진다.
(당연한 일이지만 그 여부를 궁금해하는 이들이 많다.)

윤희 씨 성격 좀 급하죠?
처음엔 몰랐는데 계속 듣다 보니
성미 급한 사람들만의 특징이 보이네요.
괜히 더 반가운데요?

너무 미안해하지 말아요.
인간적이고 좋은데요?
더 자주 실수해줘요.

지금 얼굴 빨개졌죠?

당황하는 거 다 보여요

괜찮아요. 릴렉스.

맘에 담아둔 걱정을 떨치지 못한 날에는

어김없이 무슨 일 있느냐 묻는 이들이 있었고,

목이 따끔거려 감기 기운을 의심할 때면

잠들기 전 약 챙겨 먹으라는 당부가 날아왔다.

기분이 들떠 있는 날도, 집중력이 조금 떨어져 있는 날도

예외는 아니었다.

잊고 있었다.

라디오에선 나를 숨길 수가 없다는 걸.

아닌 척할수록 더 들킬 수밖에 없다는 걸.

그동안 혼자 열심히 애쓰고 있던 나를

모른 척해준 그들에게 멋쩍은 웃음을 지어보는 밤.

고마워요.

서른 즈음에

회원 가입 때마다 물어오는 내 출생년도가
한참을 아래로 스크롤해야 나오는 숫자임을 느꼈을 때.
'이거 알면 아재'라는 게시글에
부인할 수 없는 추억의 아이템들이 넘쳐날 때.
나도 모르게 '요즘 애들은'이라는 말이
불쑥 튀어나올 때.
감흥 없던 어느 노래의 한 소절 한 소절이 마음을 건드려
도저히 잠을 이룰 수 없을 때.
문득 내 나이를 생각해본다.

또 하루 멀어져간다

내뿜은 담배 연기처럼

작기 만한 내 기억 속에

무얼 채워 살고 있는지

점점 더 멀어져간다

머물러 있는 청춘인 줄 알았는데

비어가는 내 가슴 속엔

더 아무것도 찾을 수 없네

매일 이별하며 살고 있구나

_ 김광석 〈서른 즈음에〉 중에서

이제 막 중학생이 된 아이의 눈에 비친 김광석과 그의 노래는
삶의 의미를 이해하는 진짜 어른의 본보기였다.
어렴풋이 꿈꾸기도 했다.
이렇게 조금은 쓸쓸하기도 운치 있기도 한 모습으로
하루를 보내는 그 언젠가의 나를.
스물다섯을 넘긴 뒤 그 갈망은 더 짙어졌다.
늘 나보다 많은 연배의 청취자들을 대상으로
방송을 하다 보니
더 빨리 그들의 세상에 발을 담그고
여유 있는 모습으로 사연에 공감하고 싶었다.

설익고 여물지 않았던 나의 해답이
왠지 서른이라는 나이에는 있을 것 같았다.

하지만 삶의 지혜나 노련함은 서른이 된다고 해서
갑자기 찾아오는 선물이 아니었다.
나는 당연히 서른이 되어서도
이 노래를 제대로 이해하지 못했다.

참 신기한 노래였다.
10대에도 20대에도

그리고 서른을 훌쩍 넘긴 나이에도
그는 늘 나보다 한발 앞서 인생을 노래하고 있었다.

이제 와 생각해보면
나는 늘 다른 세상, 닿지 않은 시간을
동경해왔을 뿐
지금을 온전히 즐기며 만족했던 날은 많지 않았다.
'언젠가는… 그 언젠가는….'
멀어져가는 청춘과 사랑을 바라보며 노래하던 그가
그렇게 지금 이 순간을 놓치지 말라고 얘기하고 있는데도
말이다.

"예쁜 나이야.
좋을 때야."

지금이 얼마나 아름다운 시절인지 잊지 말라던
할머니의 말씀이 귓가에 잔잔히 맴돈다.

서른 무렵의 그와
여전히 젊었던 그녀는
어찌 이런 노래를 부를 수 있었을까.

젊은 날엔 젊음을 모르고
사랑할 땐 사랑이 보이지 않았네
하지만 이제 뒤돌아보니
우린 젊고 사랑을 했구나

_ 이상은 〈언젠가는〉 중에서

누굴 닮았겠어요

아버지는 꽤 오랫동안 작은 부품공장을 운영해오셨다.
그리고 그 사업이 호황을 누린 때는 내 기억으론
IMF 사태 직전을 제외하곤 거의 없었다.
근근이 고비를 넘겨가며 30년 세월을 이어오신 아버지를
어머니와 나는 내내 조마조마한 마음으로 지켜보았고
누군가는 끈기와 인내의 아이콘이라 추켜세웠다.
하지만 그 시절 채워지지 않았던 허기는
풍족한 부나 넓은 집에 대한 동경 때문만은 아니었다.
다정하고 자상한 아버지,
산처럼 크고 든든한 가장에 대한 갈증이 더 컸다.

초등학교 고학년 때, 친한 단짝의 집에

우리가 함께 듣던 밤

놀러 다니면서부터였을 것이다.
널찍한 방 한쪽을 가득 채운 옷장 속의 옷들과
부드럽고 여유 있는 모습으로 나를 맞이하던
친구의 아버지를 보며
매일 상상했다.
'우리 아버지가 저런 모습이었더라면…
나에게 이런 멋진 방이 있었다면….'

크고 작은 기계와 부품들이 가득 쌓인
아버지의 낡은 승합차를 타고 학교로 향하던 아침.
15분 남짓한 시간 동안 늘 뚱한 표정으로 앉아 있던 나는
후문에 도착하자마자 누가 볼세라 급히 뛰어들어갔고,
그렇게 사춘기라는 구실 좋은 핑계도 통하지 않을
불효를 저질렀다.

결혼식을 앞둔 겨울이었다.
근처에 약속이 있던 나는
모임이 끝난 뒤 아버지와 만나 오랜만에
공장 구석구석을 둘러보고 함께 차에 올랐다.

넓진 않지만 먼지 하나 없이 깔끔하게 정리된 공간,
여기저기 고치고 매만진 손길이 느껴지는 작업대와 환기구.
'아빠답다.'
푸스스 웃다가도
사무실 문을 열자마자 훅 끼쳐왔던 찬기운이
계속 마음에 걸렸다.
잠시 뒤, 그 차고 주름진 손이
내 손 위에 올려졌다.
"그동안 여유 있게 누리지 못하게 해서 미안하다."
"아니, 아니에요."
연신 흐르는 눈물을 소리 없이 닦아내며
집으로 향하던 그 밤.
아마 아버지의 표정도 나와 다르지 않았을 것이다.

돌아보면 아버지는 늘 나름의 표현을 해오셨다.
살갑고 다정한 말은 없었어도
블록을 갖고 놀던 어린 내 곁을 가만히 지켜주었고,
다음 날 학교 준비물을 미처 챙기지 못한 내가
늦게까지 어머니에게 혼나고 있을 때
조용히 밖으로 나가 이곳저곳을 돌아다니며
기어코 검정 봉지에 점토와 색종이를 담아오시던
분이었으니까.

우리가 함께 듣던 밤

그 시절의 난 그 고요한 미소를, 분주한 발걸음을
사랑이라 생각하지 못했다.

 ※　오랜만에 고향에 내려가 아버지를 뵙고 왔어요
　　이제 농사일 그만두고 쉬시라고 아무리 얘기해도
　　어찌나 들은 척도 안 하시는지.
　　누굴 닮아 이렇게 고집이 세냐며 호통치시던
　　젊은 날의 아버지 목소리가 떠오릅니다.
　　제가 누굴 닮았겠어요. 아버지…….
　　작고 마른 등이 유난히 마음에 걸리는 밤입니다.
　　_ 3524 님

손녀의 재롱이 눈에 아른거려 찾아오신 아버지는
오늘도 제일 먼저 망가진 아이의 장난감을 찾아
이리저리 살펴보신다.
그 곁에서 보조를 맞추며 드라이버를 돌리는 나를 보고
어머니가 깔깔 웃으신다.

"아무튼 너는, 딱 네 아빠다."

2부

선인장처럼
묵묵하고 씩씩하게
살아가기를

함께 일하는 작가와
직업병으로 의심되는 증상에 대해
이야기하고 있었다.

"간혹 이런 웃긴 꿈도 꾼다니까요.
방송 시간에 늦어서 달려오는데 다리가 안 움직이거나
누군가 나를 방해해서 스튜디오 문을 못 여는 거예요.
우여곡절 끝에 마이크 앞에 앉고서도
말도 안 되는 이상한 얘기를 주절거리고
시간은 끝나가는데 노래를 못 찾아
허둥지둥한 적도 있어요."

물론 깨어나서 생각하니 웃기다는 거지
그 안에선 눈물이 날 만큼 절박한 순간들이었다.
그런데 웃으며 애기를 듣던 그녀에게서
예상 못한 대답이 돌아왔다.

"나는 방송 시간이 다가오는데 프린터가 고장 나서
원고를 전하지 못 하는 꿈을 종종 꿔요."

어디 우리뿐일까.
은연중에 조금씩 뿌리를 내린 불안들은
과감하고 다양한 색채들로 꿈속에 등장했고
휘몰아치는 롤러코스터를 타고 눈을 뜬 아침엔
깊은 안도의 한숨과 함께 가슴을 쓸어내렸다.
그렇게 다시 현실로, 일상으로
자연스럽게 옷을 갈아입는 하루.

하지만 그 전환이 순조롭지 않을 때도 있다
고개를 갸웃하게 하는 의아한 내용의 꿈이 너무나 생생해
온종일 그 장면을 곱씹어보는 날 말이다.
한 번도 다툰 적 없는 죽마고우와
얼굴이 벌겋게 되도록 언성을 높이고
일말의 관심도 없던 누군가와

달콤한 사랑에 빠지는 꿈.

그곳에서 나는 이제껏 본 적 없는 친구의
화난 얼굴을 생생히 마주했고,
화면으로만 가끔 접했던 키 크고 마른 배우와는
세상 다정한 모습으로 함께 눈 오는 거리를 거닐었다.
어떻게 나의 무의식에 저 사람이,
저런 감정이 있단 말인가.

그 뒤로 관심 없던 그 배우가 텔레비전에 등장할 때면
최면에 걸린 듯 멍하게 바라보게 되고,
현실에서 다시 만난 친구에겐
한동안 불편한 감정이 스며들었다.
'사실 내게 말 못 할 불만이 있는 건 아닐까.
그렇게 서로 악에 받쳐 싸우게 되면 어떡하지?'
머릿속에 반복 재생되는 한 장면 때문에
왠지 그녀의 얼굴을 똑바로 바라볼 수 없었다.

절대 용서할 수 없는 사람.
나와는 전혀 어울리지 않는 사람.
언제나 확고한 내 편이 되어주는 사람.
이런 믿음 또한 부질없는 걸까.

현실이 아닌 하룻밤의 꿈 하나에
이렇게 요동치는 마음이라면…….

우리의 예상이 빗나가는 순간은 생각보다 자주 찾아왔고,
그래서 일상은 흥미롭고 기대할 만한 것이었다.
물론 그만큼 더 아프기도 했지만.

※   어젯밤 꿈속에서 오랫동안 연락을 끊고 지낸
     언니와 즐거운 시간을 보냈어요.
     쇼핑도 하고 영화도 보고
     함께 바다를 보러가기도 했죠.
     한 번도 다투지 않았던 것처럼.
     바로 어제 만났던 사이인 것처럼 깔깔 웃으면서요.
     아침에 일어나 한동안 멍하니 앉아 있다
     바로 전화를 걸었어요.
     그깟 자존심이 뭐라고 그리 모질게 굴었는지.
     언니도 먼저 연락하지 못해 미안하다며 울먹이더군요.
     간밤의 마술은 무엇이었을까요.

     _ 7112 님

우리가 함께 듣던 밤

밤새 기막힌 여행을 하고도
눈을 뜨는 순간 날아가버리는
꿈의 조각들을 붙잡아두고 싶다.

언젠가 반복되는 단조로운 일상이 지겨워질 때,
너무 익숙해져서 소중함을 느끼지 못하는 사람들 틈에
섞여 있을 때,
그 한 조각을 꺼내어 주머니에 넣고 다닐 수 있도록.
누군가를 향한 미움을 내려놓지 못해 괴로운 어느 밤에
머리맡에 두고 편히 잠들 수 있도록.

이불 밖은 위험해

어느 거리로 시선을 돌려도 모두 비슷한 모습이었다.
쏟아져 나오는 최신 유행을 물리치고
그 겨울, 사람들이 선택한 것은 보온성.
'이불 밖은 위험하니 아예 이불을 두르고 나가자.'
아마 그런 결론이었을 것이다.
두툼한 롱패딩 속에 몸을 감춘 이들은
저마다의 하루를 이고 가는 작은 병정들처럼 보였다.

　　※　친구와의 약속을 미루고 침대에 누워서 방송을 들어요.
　　　좀 덜 추운 날 만나자 했더니
　　　먼저 말해줘서 고맙다 하더군요.
　　　뜨뜻한 장판 위에 이불을 덮고 누워 있으니

　　　　　　　　　　　　　　　　우리가 함께 듣던 밤

천국이 따로없네요…

이불 밖은 정말 위험해요.

_ SSUN 님

하지만 그 위험천만한 곳으로 향할 수밖에 없는 우린
따뜻함을 느끼는 가장 좋은 방법이 추위라는 걸
이미 잘 알고 있다.

차디찬 문밖의 세상은
작은 온기에도 안도하고 기뻐할 수 있는
기회들로 가득했다.

김이 모락모락 피어오르는 커피 한 잔,
달콤한 배 속이 훤히 보이는 붕어빵 하나,
부드러운 무릎 담요와
별다를 것 없는 애청곡이 흐르는 이어폰에도
사랑의 마음이 스며들었다.
덥혀진 몸은 뭉근히 마음을 녹이고
마주치는 이들에게 따스한 시선을 건네게 했다.

"춥다, 추워!!"

기합 넣듯 외치며 달려가는 학생들의 뒷모습에서도
자신의 외투를 벗어 아이의 작은 등을 감싸는
아버지에게서도
맞잡은 손을 슬그머니 자신의 주머니 속으로 가져가는
연인의 모습에서도 알 수 없는 애잔함이 느껴진다.

찬바람에 빙글빙글 춤을 추는 마른 낙엽들과
무거운 눈더미를 이고 서 있는 주차장의 자동차들에도
작은 이불을 덮어주고 싶은 계절.

　※　인터넷 쇼핑을 즐겨하는 저에겐
　　　부모님보다 친구보다 더 자주 만나는 사람이
　　　바로 택배기사님이세요.
　　　몇 년 동안 뵈어온 분인데 따뜻한 인사 한 번
　　　전한 적 없다는 생각이 문득 들더군요.
　　　건네받은 택배 상자 위로 느껴지는 찬기운에
　　　오늘은 무슨 용기였는지
　　　감사하다고 손을 잡아드렸어요.
　　　미리 데워놓은 따뜻한 음료 한 잔과 함께.
　　　_ 주아 님

내어줄수록 더 따뜻해지고
나눌수록 더 차오르는 이 온기는
길고 긴 이 겨울을 사랑할 수밖에 없게 한다.
웃으며 봄날을 기다릴 수 있는
단 하나의 이유다.

바닥에 남은 차가운 껍질에 뜨거운 눈물을 부어
그만큼 달콤하지는 않지만 울지 않을 수 있어
온기가 필요했잖아, 이제는 지친 마음을 쉬어
이 차를 다 마시고 봄날으로 가자

_브로콜리 너마저 〈유자차〉 중에서

우리가 함께 듣던 밤

진행하는 방송이 10주년을 맞던 날이었다.
함께한 시간을 추억하고 축하하는 사연들로 가득했던 그 밤,
문득 눈에 들어오는 글 하나가 있었다.

"아, 오늘 처음 듣는데 10주년이라구요?
축하합니다.
앞으로 잘 들어볼게요."

당연한 일이었다.
나에게는 비록 전부인 세상이고
많은 시간과 애정을 쏟아부은 일일지라도
누군가에게는 존재조차 낯선 것일 수 있었다.

새삼스러웠다.

10년이 되었든 평생을 바친 일이든 그건 상관없었다.

피식.

긴장이 풀렸다.

❋ 오늘 문득 책상 위에 놓인 선인장을 보다가
　 깜짝 놀랐어요.
　 꽃을 피우고 있었거든요.
　 생각날 때 쳐다보고, 가끔 물만 주었던 선인장이
　 지금까지 이리 예쁘게 제 곁에 머물러주었다는 게
　 고맙고 미안했어요.
　 7년 전 처음 공방 문을 열 때 선물로 받아서
　 이사를 하고, 결혼을 하고,
　 또 새로운 일을 시작한 지금까지
　 방 한쪽에서 묵묵히 저를 위로하고 있었던 녀석.
　 한 살 한 살 나이를 먹고 보니 선인장처럼 살아가는 게
　 얼마나 아름다운 일인지 알 것 같습니다.

　 _ 혜연 님

선인장처럼 살아가면 될 일이다.

모두가 나를 신경 쓰고 있다는 두려움 혹은

우쭐함에서 벗어나

묵묵하게, 씩씩하게 커가는 내 모습이
누군가에게 희망을 줄 수 있을 만큼.
딱 그만큼의 기대감만 가지고 살면 되는 것이다.

그리고 그건
하루하루 날을 헤아리고 시간을 셈한다면
해내지 못할 일이다.

한때 즐겨보던 텔레비전 프로그램이 있었다.
다양한 분야의 숨은 달인들을 찾아 그들의 하루를 담고
비법을 엿보기도 하는 내용이었다.
눈에 보이지 않을 만큼 작은 톱니바퀴를
정교하게 깎아내던 시계 장인과
손에 올려진 무게를 가늠하는 것만으로
밥알의 개수를 정확히 짚어내던 초밥 달인,
몸무게의 몇 배쯤 되어 보이는 쌀 포대를
어깨에 올리고 가뿐히 이동하던 배달의 달인 등.
정교하면서도 빠른 솜씨에 놀라고
엄청난 정성에 감탄했지만
사실 내가 가장 좋아하는 건 이 대목이었다.

"어떻게 달인이 되실 수 있었나요?"

VJ의 공식 질문.

"오랜 시간 하다 보니 저도 모르는 사이에 이렇게 되었네요.
매일 즐기면서 감사한 마음을 가질 뿐이에요."

특별할 것 없는 모범답안은 매번 눈시울을 붉어지게 했다.
거친 손등과 주름진 눈가보다 더 눈에 띄는
미소를 머금은 편안한 얼굴.
그 얼굴은 늘 책상 한쪽에 놓인 선인장을 떠오르게 했으니까.

아마도 선인장이 말을 할 수 있다면
달인들과 비슷한 이야기를 털어놓지 않을까.

"나는 그저 묵묵히 자랄 뿐이에요.
어제도 오늘도.
결국은 이렇게 꽃을 피우는 날이 왔네요.
당신은 기대하지 않았더라도 말이죠."

우리가 함께 듣던 밤

❋ 모든 부서를 통틀어 한 명만이 갈 수 있는

2년짜리 해외 연수에 제가 뽑혔어요.

모두 축하해주고 좋겠다고 부러워하는데

왜 갑자기 두려운 마음이 드는지 모르겠어요.

미국 생활에 잘 적응하지 못하면 어쩌나,

가서 좋은 평가를 받지 못하면 어떡하나,

걱정만 늘어나는 제 자신에게 참 실망스러워요.

정말 원하던 순간인데 말이죠.

용기를 주시겠어요?

_ 9761 님

모든 순간이 완벽하기를 바라는 마음이
그 어떤 것도 시도하지 못하게 할 때가 있다.
그건 일과 사랑, 꿈을 좇는 여정에서도
다르지 않았다.
용기를 내라는 말보다 잘해낼 거라는 응원보다
먼저 이 사람의 고백을 들려주고 싶었다.

✉

소설이 잘 써지지 않을 때면
난로 앞에 앉아 작은 오렌지 껍질을 짜서
불꽃 위에 끼얹고는
파란 불이 소리 내며 타는 것을 바라본다.
그리고 이렇게 중얼거린다.
"걱정할 것 없다 지금까지 써왔다. 지금도 쓸 수 있다.
계속 문장 하나만 쓰는 것이다."
그렇게 생각하면 정말 문장이 나와서
그때부터는 계속 쓸 수 있게 된다.

_ 어니스트 헤밍웨이

수많은 기회 앞에서 용기를 내지 못해
하지 않아도 되는 그럴싸한 이유를 만들기에 급급했던 때에
우연히 이 글을 만났다.

우리가 함께 듣던 밤

대문호라는 수식어 뒤에 가려진
숱한 머뭇거림과 자기주문의 순간들.
이 고백은 위로가 된 만큼
참을 수 없는 부끄러움을 안겨주었다.

그는 언제나 '노력'을 최고의 가치로 여겼고,
생애에 걸쳐 그것을 증명해보였다.
'모든 초고는 쓰레기'라는 강한 표현도 서슴지 않았던 건
자신을 포함한 누구도 예외가 없다는 사실을 강조한 거겠지.

하지만 지워버리고픈 그 첫 경험이,
외면하고 싶을 만큼 엉망진창인 그 순간이 없었다면
그다음 페이지에 무엇이 기다리고 있을지
알 방법이 있을까.

그저 첫발을 떼어본다.

어두운 밤,
불과 몇 미터 앞을 밝혀주는 헤드라이트 불빛만으로도
우린 긴 여정의 끝에 도달할 수 있다.
목적지까지의 모든 경로를 예측하거나
미리 겁먹고 나가떨어질 필요도 없다.

한없이 무거운 눈꺼풀을 들어 올려
새로운 하루를 열기로 결심하는 일.
온기 가득한 이불 밖으로 걸어 나와
비바람 부는 바깥세상으로 발걸음을 떼는 일 모두
놀라운 용기이자 도전임을 당신은 이미 알고 있을 테니
두 번째, 세 번째 걸음은 훨씬 수월할 것이다.
어느새 목적지에 다가왔음을 알게 될 것이다.

우리가 함께 들던 밤

나를 돌아보는 시간, 미니멀 라이프

"때론 버리는 게 아끼는 거야."

집 안 가득 쌓여가는 잡동사니들 때문에
필요한 물건도 잘 찾지 못한다는 친구에게
늘 이렇게 말하곤 했다.
하지만 쓸모없는 것과 유용한 것의 경계를 찾는 일이
결코 쉬운 일이 아님을 알고 있다.
안다 해도 손때 묻은 물건들을 정리하다 보면
그간의 추억들이 울부짖는 것 같아
마음 약해질 때가 한두 번이 아니다.
단출하고 심플한 삶을 사는 게 미덕이 된 요즘
간간이 들려오는 사연이다.

※ 한 달 전쯤부터 미니멀 라이프를 실천하며 살고 있어요.
처음엔 집 안도 깔끔해지고 여유가 생겨 좋았는데
제가 버려도 너무 버렸나 봐요.
있을 땐 쓸 일이 없었는데
요즘엔 '아, 이거 있으면 좋았을 텐데' 하는
마음이 들어
조금씩 다시 물건들을 사들이게 되네요.
_ 9908 님

역시 버리는 데에는 용기가 필요하다.
'나중에 필요해지면 어쩌려고 그래?'
'감당할 수 있겠어?'
흔들리는 마음과도 타협을 봐야 한다.

내겐 계절이 바뀔 즈음, 책장을 정리하는 습관이 있다.
이는 사실 책을 버리기 위함이 아닌
읽기 위한 일종의 의식이다.

협찬이나 선물로 들어오는 책이 많아서
때론 어떤 내용인지 확인하기도 전에
책장에 꽂아두곤 하는데,
맨 처음 책들을 정리할 땐

정말 안 읽을 도서들을 처분할 생각이었다.
하지만 막상 떠나보내려니 정말 그래도 되나 싶어
마지막으로 한 번 더 책갈피를 들춘 게 시작이었다.
여지없이 마음을 사로잡는 구절이 나타났다.
그런 문장이 보일 때까지 살폈는지도 모르지만.
'큰일 날 뻔했네.'
안도의 한숨을 내쉬며
소외받던 책들을 책상 위에 곱게 얹어두었다.
사실 읽을거리가 생겼다는 기대감보다
긴 어둠 속에서 무언가를 구해냈다는
뿌듯함이 더 좋았는지 모른다.

버리고 없애는 일이 고통스럽다면
일단 내가 가진 물건들이 무엇인지
들여다보는 것도 좋겠다.

연락처를 정리하다 발견한 흐릿한 이름.
옷장 깊은 곳에 숨은 접힌 자국이 선명한 티셔츠.
나와 함께 웃고 있는 사진 속 낯선 얼굴.
먼지를 뒤집어쓴 이름 모를 작가의 소설책.

기억이란 참 얄팍하고 못 믿을 것이어서

한 번씩 돌아보지 않으면 손쓸 수 없을 만큼 불어났다가
어느 틈에 사라지곤 했으니까.

그렇게 정리하면서 버리고 버린 걸 또 사들이고
다시 정리하고…
끝이 없는 반복 속에서도 남는 것은 있었다.
'이것만 있으면 돼!' 하고 열광하다
손에 쥐기 무섭게 잊어버리게 되는 물건들 틈에서도
결국엔 살아남는 것이 있었다.
그건 최신 기능이 탑재된 스마트폰도 아니고,
중요한 날 입겠다고 장만한 화려한 원피스는
더더욱 아니었다.
그렇게 반짝이던 물건들은 해가 갈수록
기억에서 멀어져갔다.

오랜 시간이 지난 뒤에도 여전히 내게 남아 있는 것들은
겨울마다 찾게 되는 부드러운 니트,
손에 감기는 느낌이 좋은 하얀 머그잔,
마음이 어지러울 때 꺼내보는 시집 한 권,
그리고 언제나 내 곁을 지켜준 몇몇 사람들.

우리가 함께 들던 밤

사실 미니멀 라이프는
버리고 꾸미는 생활 양식이기 이전에
나를 찬찬히 돌아보는 시간이었다.

그간 내가 사들이고 쌓아놓은 것들이 무엇인지.
그것들이 내게 어떤 의미인지.
이 물건들이 나를 설명할 수 있는지.
나의 진짜 모습은 무엇인지.

어제는 날아가 버린 새를 그려
새장 속에 넣으며 울었지
이제 나에게 없는 걸 아쉬워하기보다
있는 것들을 안으리

＿이상은 〈삶은 여행〉 중에서

혼자 남겨진다는 것

제 주변엔 늘 사람이 가득했어요.

고등학교 시절 함께 몰려다니던 다섯 명의 친구들이

있었고, 대학 때는 동아리 활동이다 뭐다 늘

바쁘게 지냈죠. 하지만 직장에서 만난 동료와

조금 이른 결혼을 하고 덜컥 육아라는 세상에

던져지고 나니 제가 얼마나 혼자만의 시간 없이

살아 왔는지 알겠더라고요.

저는 사람들이 좋았다기보다

혼자 남겨지길 두려워하는 사람이었어요.

남편의 허락을 얻고 내일 제주로 혼자 여행을 떠납니다.

조금 떨리지만 그만큼 기대도 돼요.

_ 혜진 님

"혼자 왔나봐."

신경 쓸 일 없다고 생각하면서도
친구 옆구리를 찌르며 속닥이는 이들을 보는 건
편치 않은 일이었다.

함께할 사람이 없다는 오해를 받지 않기 위해,
외로운 사람이라는 이미지를 지우기 위해,
우리는 어디든 친구와 가족, 애인을 대동했다.
물론 그 시간이 즐거울 때도 있었지만,
혼자 있을 자유를 타인의 시선에 의해
박탈당했다는 기분 역시 자주 느껴야 했다.

그리고 드디어 새로운 트렌드란다.
혼밥, 혼술, 혼영, 혼행…
물론 혼자 밥을 먹고, 영화를 보고,
홀로 여행을 떠나는 사람은 늘 있었다.
그런데 이를 지칭하는 그럴싸한 이름이 생기고 난 뒤에는
조금 더 떳떳하고 여유 있게 문밖을 나서는 이가
많아졌다.
식당과 커피숍엔 칸막이로 분리된 일인석이 놓였고
마트엔 소포장 먹거리가 진열되기 시작했다.

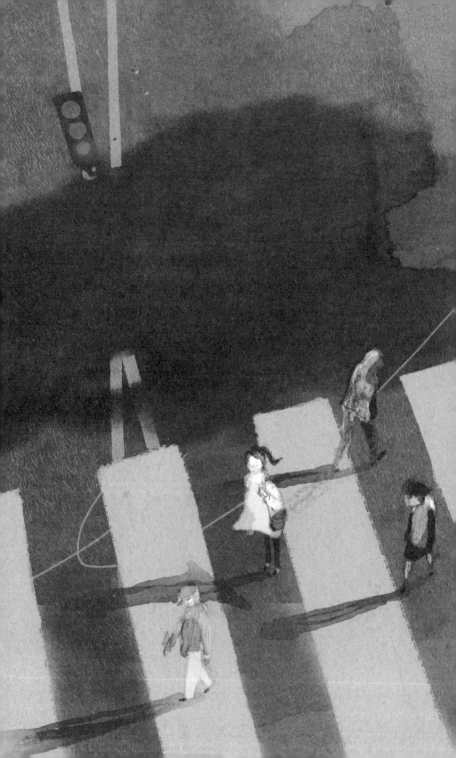

혼행족들을 위한 여행 상품도 잇따라 생겨났다.

즐겨 찾는 커피숍이 있다.
새롭게 인테리어를 마친 곳답게
캐주얼한 분위기의 독서실을 연상시키는
일인 좌석이 많았고
테이블마다 콘센트도 넉넉히 비치되어 있었다.
구석 자리에 앉아 차 한 잔을 홀짝이다 문득 고개를 들었다.

노트북과 휴대 전화에 매달린 충전기와
저마다 귀에 꽂은 이어폰,
책을 읽거나 자판을 두드리는 바쁜 손길.
새삼 궁금해졌다.
저들은 그리고 나는 왜 혼자 있고 싶으면서도
사람들이 가득한 여기로 온 것일까.

여러 방향에서 날아와 뒤섞이는 사람들의 백색 소음,
나를 특별히 신경 쓰지 않는 이들과 공유하는 공간,
하지만 나의 존재가 그들에게 읽힐 정도의 시선은 있는 곳.

집중력 때문이든 기분 전환이 목적이든
조용하고 쾌적한 내 방 책상이 아닌
이 시끌시끌한 공간에 돈을 지불하고 앉아 있는
사람들의 마음은 크게 다르지 않을 것이다.

정말 완전히 홀로 남겨지는 건 원치 않는다고.
혼자만의 시간을 갈망하지만
정말 혼자이고 싶지는 않다고.

한 줌 소리도, 빛도 잡히지 않는 광활한 우주에서
유일한 동료를 잃고 망연자실하게 떠다니던 우주인…
영화「그래비티」속 장면은
그간 보아온 어떤 공포 영화보다도 큰 두려움이었다.

누군가의 아내와 엄마가 아닌
진짜 나를 찾겠다고 떠난 곳에서
가족들 생각에 밤잠을 뒤척였고,
호젓한 시간을 꿈꾸며 찾아간 그곳에
정말 나 이외에 아무도 없다며
괜히 으스스한 마음도 들었다.
손꼽아 기다리던 방학을 맞고 얼마 지나지 않아
교실을 가득 채우던 말썽쟁이들의 웃음소리가 그리워졌다.

우리가 함께 듣던 밤

외로움은 비워낸 만큼 더 간절히 채우고 싶은 감정이었고
우리는 늘 이 반복 속에서 살아왔다.
필요한 건 그리 거창한 게 아니었다.
가뿐히 털어내지 못했던 관계와 시선들에서 벗어나
오롯이 나로 설 수 있는 작은 공간.
깊은 고요 속에서 용기 있게 나를 마주한 뒤
원래 있던 그 자리로 기꺼이 돌아갈 수 있는 잠시의 시간.

그 정도면 오늘을 마감하고 새로운 내일을 꿈꾸기에
충분한 조건이 아닐까.

같이 걸을까

꙳ 예전 직장 동료를 만나고 왔어요.

어쩌다 육아에 대한 제 고민을 하나 털어놓았는데,

피식 웃으며 나도 그런 때 있었다고

그때가 편할 때니 지금을 즐기라고 말하더라구요.

마치 제 고민은 아무것도 아니라는 듯이…

티 내진 않았지만, 기분이 좋지 않았어요.

정말 지나 버린 일은 전혀 힘들지 않은 게 되는 걸까요?

_ 수진 님

고민 없는 삶의 평온함에 가장 감사하는 날이 있다면

아마도 가슴을 짓누르는 큰 돌덩이 하나를

내려놓은 직후일 것이다.

아무 근심 걱정 없는 삶이 무슨 재미겠냐고,
여유 부리던 지난날을 후회하며
무료한 삶이어도 좋으니 제발 이번 일만은 해결해달라고
간절히 기도하는 밤을 보낸 뒤일 것이다.

그렇게 밤잠 설치며 동동거리던 시간이 지나고
문득 내 뒤에 남겨진 것을 돌아보았을 때
그것은 생각보다 아주 작은 돌멩이였음을
깨달을 때가 많았다.

이내 생각한다.
나쁘지 않은 경험이었다고.
이번 시련이 나를 단련시킨 거라고.

하지만 이건
오직 스스로에게만 건넬 수 있는 말이다.
이제 막 긴 터널에 발을 들인 그에게 필요한 건
내가 건너봤으니 별것 아니더라는 우쭐함도 아니고,
저 앞에 더 큰 터널이 있으니 이만한 일에 겁먹지 말라는
치기 어린 말은 더더욱 아닐 테니.
'시간이 약'이라는 말은
일 년 같은 하루를 보내고 있는 이에겐

가장 가혹하고 냉정한 조언이 될지 모른다.

✦✦

중학교 2학년 즈음이었다.
영어 공부를 핑계 삼아 해외 펜팔을 신청했던 내게
말을 걸어온 새 친구.
미국에 사는 두 살 아래의 여자아이였다.
쿠바에서 이민을 왔고, 무려 세 명의 동생과
함께 살고 있노라며
자신을 소개한 그녀는 웃는 모습이 귀여운
곱슬머리 소녀였다.
우리는 서로의 사진을 주고받으며 자잘한 일상을 공유했다.
물론 예문집을 뒤적거리며 적당한 문장에
내 이야기를 욱여넣고
하고 싶은 말을 영어로 옮기지 못해 답답할 때도 많았지만
우린 꽤 좋은 친구가 되었다.

하지만 내게도 어김없이 고3이 닥쳐왔다.
나는 눈앞의 고민거리에 빠져 있느라
그녀에게 답장하는 걸 점점 미루었다.

어느 날,
평소보다 조금 불룩한 편지 한 통이 도착했다.

"잘 지내니?
소식이 없어 많이 걱정하고 있었어.
이건 힘들 때 나를 지켜준 행운의 팔찌인데
널 생각하면서 밤새 하나 더 만들었어.
어디에 있어도 널 위해 기도할게."

살면서 이만큼 미안한 적도
이렇게 고마운 위로를 받은 적도 없었다.
매일 붙어 다니던 친구들에게 받았던
자잘한 상처와 극심한 입시 스트레스가
그녀 덕분에 한 번에 치유되는 기분이었다.

※   오랜만에 예전 살던 동네 빵집을 찾아갔어요.
　　 집에서 일곱 정거장 거리나 되는 곳이었지만
　　 울적한 일이 있을 때나 마음이 헛헛할 때
　　 주인아주머니가 만든 달콤한 수제 쿠키와
　　 차 한 잔을 마시고 오거든요.
　　 "얼굴이 어쩌다 반쪽이 됐어.
　　 힘들어도 끼니는 잘 챙겨~. 응?"

문을 나서는 제 손에 기어이
갓 구운 빵 몇 개를 쥐어주시는 아주머니 덕에
돌아오는 버스 안에서 펑펑 울고 말았네요…….
이 밤, 말하지 않아도 내 맘 같은 음악을 들려주는
언니의 라디오까지 듣고 있으니
더 이상 우울하지 않아요.

_ 소연 님

정답이 아닌 위로가 필요한 이들에게
끝이 보이지 않는 긴 어둠 속에서
함께 걸을 누군가를 만나는 일만큼 간절한 게 있을까.

지금 이 순간 내 곁에 있지 않더라도
같은 상황에 처해 있지 않더라도
어딘가에서 나와 같은 보폭으로 걷고 있음을
느낄 수 있는 사람.

드디어 도착한 긴 터널의 끝에서
웃으며 서로의 등을 토닥여줄 수 있는 사람.
단 한 명이면 된다.

우리가 함께 듣던 밤

그로 인해

그가 건넨 작은 위로로

우린 다시 힘을 내어 걸어갈 수 있다.

피곤하면 잠깐 쉬어가

갈 길은 아직 머니깐

물이라도 한잔 마실까

우리는 이미 오랜 먼 길을 걸어온 사람들이니깐

높은 산을 오르고 거친 강을 건너고 깊은 골짜기를 넘어서

생에 끝자락이 닿을 곳으로

오늘도

_ 이적 〈같이 걸을까〉 중에서

누군가의 흔적

말로만 듣던 기괴한 보이스피싱을 생생히 체험하고
며칠을 덜덜 떨다 결국
10년 넘게 쓰던 전화번호를 바꾸었다.
하지만 새 마음으로 가뿐히 시작해보겠다는 기대감은
빠르게 사그라들었다.

'○○○님께서 □□에서 주문하신 상품의 배송이
시작됩니다.'
'○○카드 납부일입니다.'
'○○님께 맞춤 취업 정보를 전해드립니다.'

이 번호를 쓰던 이의 사생활을

이토록 세세히 통보받게 될 줄은 몰랐다.
이름, 성별, 자주 찾는 인터넷 쇼핑몰, 안경점,
사는 지역, 연령대, 거래 은행, 출신 대학,
몇몇 친구의 이름까지.
그녀의 바뀐 전화번호를 제외한 대부분 정보가
내 의도와는 상관없이 흘러들었다.

'요즘 같은 세상에 겁도 없고
꼼꼼하지도 못한 성격인가 보네.'

번거로움을 감수해야 했지만
그래, 뭐 여기까지는 그럴 수도 있다 생각했다.
하지만 알림은 거기서 그치지 않았다.

'잘 지내고 있지? 오빠 통해서 안부 가끔 들어.'
'주말에 만나기로 한 거 안 잊었지?'
'○○아~ 엄마께 이것 좀 가져다드려라.'

하루에도 수차례 도착하는 메시지.
번호가 바뀌었다고 일일이 답하는 일도
슬슬 짜증이 나기 시작했다.
'아니 연락처를 바꾸고

왜 아무에게도 얘기하지 않은 거지?'
의아함도 커졌다.

한 달, 그리고 두 달.
횟수는 점차 줄었지만
지극히 사적인 메시지들은 여전히 계속되었다.
심지어 친척이나 가까운 친구로 보이는 이들도 꽤 있었다.

인맥 정리하는 건가?
잠적이라도 하기로 마음먹었나?
정말 무슨 일이 있는 거 아니야?
급하게 연락을 해오는 이도
걱정스레 무슨 일이냐 묻는 이도 없는 걸로 봐선
그건 아닌 것 같은데……

묘하게 정든 낯선 이의 안부가
조금씩 걱정되고 궁금해졌다.

그리고 일 년.
다행인지 요즘은
간간이 울리는 쇼핑몰 주문 알림을 빼고는
별다른 소식은 들리지 않는다.

우리가 함께 듣던 밤

'잘 살고 있나보네.'

* 제가 사는 아파트 한쪽에 예쁜 정자 하나가 있어요.
시원한 나무 그늘과 바람 덕에 오고 가는 주민들의
참새 방앗간이 되곤 하죠.
가장 자주 뵙는 분은 옆 동에 사시는 노부부예요.
오후 네 시쯤 아이의 유치원 차량을 기다리고 있노라면
하하 호호 어찌나 재밌게 담소를 나누시는지
저까지 흐뭇해지거든요.
근데 요 며칠 두 분이 통 보이질 않으시더군요.
어디가 편찮으신 건가? 이사를 가셨나?
슬슬 걱정이 되던 차에 오늘 익숙한 뒷모습과
정겨운 목소리를 들었습니다.
아들네 다녀오셨다구요.
참 다행이었어요.

_ 8875 님

누군가의 평범하고 무탈한 일상이
나를 이리도 안도하게 할 수 있구나,
새삼 놀라운 밤.

3부

잊지 않고,
아프지 않게
떠올릴 수 있다면
행복할 텐데

사연 참여의 빈도만 놓고 보자면
남성보다는 여성 청취자들의 참여율이 훨씬 높은 편이다.
평소 마음을 표현하는 게 익숙하지 않다는 이유도 있겠지만,
아무래도 라디오에 글을 보내려면 사연으로 적을 만한
제법 거창한 일이 있어야 한다고 여기기 때문일 것이다.

하지만 그렇게 어렵게 쓴 글이 소개되길 바라는 마음만은
누구 못지않게 절실하다.
그들이 보낸 사연은 자기 자신보다는
누군가에게 선물하는 이벤트인 경우가 많으니까.

'제가 어떤 프러포즈를 할지

여자 친구가 많이 기대하고 있는 눈치예요.
결혼식 날짜는 다가오는데 아무리 생각해도
답이 떠오르지 않아
이곳에 도움을 요청합니다.
꼭 소개해주세요.'

봄과 가을이면 부쩍 늘어나는 사연들.
최대한 자연스럽게 라디오를 켜고
자신의 이름이 들려오길 초조하게 기다리고 있을
그 얼굴들이 눈앞에 그려진다.

문득 결심했다는 표정을 지으며
사랑하는 이를 그윽하게 바라보는 주인공.
이내 무릎을 꿇고 반지를 꺼낸다.
Will you marry me?

정말 생각도 못했다는 얼굴로
감동하며 고개를 끄덕이는 여자.
이어지는 눈물과 기쁨의 포옹.
너무나 익숙한 장면이다.

우리가 함께 듣던 밤

하지만 조금 이상하다.
평생을 함께하기로 약속한 연인들의
사랑스런 눈빛이야 동서고금을 막론하고 달달하지만
영화 속 프러포즈와 사연 속 고백은
뭔가 많이 다르지 않은가.

사연에 등장한 남녀는
양가 부모님을 만나고 결혼식 날짜도 정했을 것이다.
어쩌면 함께 살 집을 구하고 그 안에 놓일
예쁜 소품을 고르는 중일지도 모른다.
이미 그의 물음에 대한 답은 정해져 있고
식장에 함께 걸어 들어가기로 진작에 결정했지만
꼭 듣고 싶은 말이 아직 남아 있는지도.
우리에게 프러포즈는
결혼으로 가는 마지막 관문쯤 되는 걸까?

바다 건너의 그들에게 프러포즈가
상대의 허락을 구하는 일이라면
우리식 프러포즈는 대망의 디데이를 앞두고
연인에게 어떤 아름다운 기억을 선물해야 할지
고군분투하는 과정이기도 하다.
순서가 좀 다르긴 하지만

그 노력이 문득 사랑스럽고 귀엽게 느껴진다.

'다음 달에 결혼식을 올립니다.
그녀에게 방송을 통해 제 마음을 전하고 싶어요.
같이 라디오 듣고 있는 중인데 11시 전에
좀 읽어주시겠어요?'

지금 어디선가 조용히 라디오를 켜고
서로를 수줍게 바라보고 있을 연인들에게
오늘의 고백이 앞으로 함께할 날들의 나침반이 될 수 있기를.
두 손 맞잡고 긴 항해를 시작할 이들에게
순풍이 불어오길 바라는 밤이다.

우리가 함께 듣던 밤

혼자이면 언제나
끝도 없는 그리움이 밀려와
무엇 하나 시작할 수 없던 날들
너를 만난 이후 다시 꿈꿀 수 있어
이것만 기억해줘
너의 마지막 사랑이라는 걸
많은 시간 지나 모두 변한데도
지금 이 설레임들을 아름답게 간직하는 거야

_임창정 〈결혼해줘〉 중에서

바로 그 길이
옳은 길이었어

"선생님! 필기, 연필로 해요? 펜으로 해요?"

중학교 입학 후 첫 수업이었다.
판서 중인 선생님의 등 뒤에 울리던
씩씩한 목소리.
선생님은 대수로울 것 없다는 듯
여전히 칠판을 향한 채 대답했다.

"너희들도 이제 다 컸으니 그 정도는 알아서 결정해라."

잠시간의 정적.

다 컸으니, 라니.
알아서 하라니.

단지 필기구를 정하는 일이었을 뿐이지만,
친구들의 얼굴에 묘한 자부심과
뿌듯함의 미소가 번지던 장면을
기억한다.

새 학기의 분주한 일상이 사연에 담길 때면
그날의 무심한 대답이 귓가에 맴돌곤 한다.
매끈한 유선 노트의
첫 페이지를 열던 두근거림도.

물론 생각만큼 달콤한 말만은 아니었다.

알아서.
너의 뜻대로.
마음 가는 대로.

힘든 선택의 순간이 닥쳐올 때면
정해진 답을 슬쩍 귀띔해주는 누군가가 있길 바랐고,
가지 않은 그 길에 더 좋은 것들이 놓여 있을까

망설이며 걸음을 옮기지 못한 기억 역시 숱했다.

하지만 아이러니하게도 이런 내게
사람들은 물었다.

'고백을 하는 편이 나을까요?'
'어떤 선물을 할까요?'
'제가 먼저 사과를 해야 할까요?'
'회사를 관두는 것이 옳은 선택일까요?'

정답이 있었으면 좋겠어요······.

최대한 내 경험과 감정을 이입해 몇 마디 덧붙이지만
사실 그들 역시 정답을 기대한 건 아니었을 것이다.
나는 당신이 사랑하는 그의 매력이 무엇인지,
그를 놓친 뒤 얼마나 후회하게 될지 알 수가 없고,
20년 우정을 이어온 친구가 어느 때 가장
환한 웃음을 짓는지 알지 못하니까.
좌절의 순간마다 당신을 일으켜 세우던 그날의 기억과
꿈꾸던 미래를 당신만큼 선명히 그릴 수 없으니 말이다.

'사과하고 싶은데 괜찮겠지요?'

　　　　　　　　　　　우리가 함께 듣던 밤

'겁이 나지만 도전하고 싶어요.'
'자꾸만 그 사람 생각이 나요….'

이미 답은 정해져 있었고,
필요한 건 조금 더 큰 확신이었다.
그것이 딱 한 사람의 동의일지라도.
만난 적 없는 라디오 속 DJ의 대답일지라도 말이다.

오늘도 흔들리고 또 흔들리며 하루를 보냈을 그대에게
바로 그 길이 옳은 길이라고 말하고 싶다.

어느 노래의 가사처럼
지나간 것은 지나간 대로 그런 의미가 있다는 걸
오답처럼 느껴졌던 그날들이
사실 나를 가장 나답게 만들어 준 시간이었다는 걸
너무 늦지 않게 깨달을 수 있기를.

무엇으로 필기할지 고민하던 우리가
지금껏 얼마나 많은 어려운 선택을 해왔는지
해낼 수 없을 거라 좌절하던 고비를 얼마나 많이 넘겨왔는지
기억하는 밤이기를 바라본다.

빗소리를 들으며

쏴아아…
물기 고인 도로를 빠르게 지나가는 자동차와
급히 펼친 우산에 후두둑 떨어지는 빗방울.
타닥타닥…
마른 땅과 유리창을 두드리는 소리.

일정한 파동으로
우리 가슴에 스며드는 이 음악은
평소 보고 듣던 평범한 것들을
더 진하고 아름답게 만들어주는 마법을 부린다.
어린 잎사귀들과 건물 외벽의 페인트 색까지도.

지글지글 기름 소리와 닮아서인지
왠지 생각나는 음식도 많아지고,
잠들어 있던 영감이나 오래전 인연에 대한 그리움이
불쑥 고개를 들기도 한다.
그리고 자연스레 따라오는 그날의 노래…
이를 증명하듯 비가 오는 날이면
신청곡 역시 빗방울처럼 쏟아진다.

나는 빗소리를 정말 좋아한다.
질척이는 바닥도 눅눅해진 공기도
어두컴컴한 하늘도 그리 반기지 않지만,
오직 그 소리 때문에 비 오는 날을 기다린다고 해도
과언이 아니다.

마음이 어지러운 날엔
빗소리를 ASMR 삼아 틀어놓은 채 잠이 들고
종일 비가 온다는 예보를 듣게 되면
전망 좋은 커피숍을 찾아
창가에 한참을 앉아 있다 오기도 한다.
스튜디오의 방음창 때문에
음악에 빗소리를 곁들여 들을 수 없는 것은
늘 아쉽기만 하다.

어린 시절, 휴가철이 되면 우리 가족은 매년 찾는
강원도의 한 계곡으로 캠핑을 떠났다.
그해는 외가 식구들도 함께였는데
나는 뭘 잘못 먹었는지 갑자기 배가 아파
식은땀이 날 정도로 힘들어했다.

어느새 몰려온 먹구름.
우리는 텐트 안으로 들어가 비를 피했고
할머니는 나를 당신의 무릎에 눕혀놓고
가만히 배를 만져주셨다.

배야 배야 아프지 마라.
우리 강아지 다 나았네.
배야 배야 아프지 마라.
우리 강아지 잘도 잔다.

텐트 위로 정갈하고 예쁘게 떨어지던 빗방울…
토닥토닥 나를 감싸던 할머니의 손길…
곧 통증은 잦아들었고 나는 스르르 기분 좋은 잠에 들며
생각했다.

우리가 함께 들던 밤

'아, 이 소리 정말 좋다.'
아마 그때부터였던 것 같다.

❋   비가 오면 어김없이 스무 살의 그 애와 제가 떠올라요.
조금 촌스럽지만, 우린 우산으로 맺어진 인연이거든요.
교양 수업이 끝나고 갑자기 쏟아지는 비 때문에
건물 입구에 서서 뛸까 말까 고민하고 있는데
옆에 서 있던 한 남자애와 눈이 마주쳤어요.
그애는 꽃게처럼 조금씩 옆걸음으로 다가와
우산을 펼쳤어요.
"저, 저기까지 같이 가실래요?"
우린 일 년을 만났고 마지막은 그리 아름답지 않았지만
그래도 제게 우산을 씌워주던 그날의 그애는 오래도록
참 예쁘게 남아 있네요.
우산 위로 떨어지던 빗소리와
그 안에서 두근거리던 우리의 심장 소리도.

_ 4409 님

언제나 놀랍도록 아름답게
기억을 증폭시켜주던 그 소리.
그리고 누군가 빗소리와 함께
나를 떠올려주기를 바라보는 밤.

비오는 거릴 걷다 수줍은 웃음이 나

비좁은 우산 속에 너와 내 모습

참 이상하지 비 오는 날이 좋아졌어

지금 내 옆에 널 만나

창문을 두드리는 수많은 빗방울이

날 대신 사랑한다 네게 노래해

참 신기하지 비 내린 거릴 걷고 싶어

좀 더 날 가까이 네게 둘래

_ 윤하 〈빗소리〉 중에서

어른이 되는 레시피

※ 직장 상사에게 종일 깨지고 망신당한 하루였습니다.
아직도 이렇게 서툴고 실수투성이인 저는
정말 어른인 걸까요?
어릴 적 꿈꾸던 미래엔 이런 초라한 모습의 저는
없었는데 말이죠.
오늘은 아무 생각 없이 잠들고 싶어요.
이 노래 들려주시겠어요?

_ mk 님

누군가의 동의 없는 결정이 가능한 성인이 되고서도
업무상 중요한 사안을 책임지는 연차가 되어서도
자녀의 고민에 괜찮은 조언을 해주는 나이가 된 후에도

언제나 꼬리처럼 따라붙는 질문이었다.

'나 잘 살고 있는 걸까?'
'나는 정말 어른인가?'
한때는 모든 것이 동경의 대상이었다.
또각또각 경쾌하게 울리는 구두 굽 소리도
커피잔에 찍힌 붉은 립스틱 자국도
잘 다려진 양복에 비릿한 바람 냄새를 이고 온
아버지의 조금 지친 얼굴조차도…

어른이 되는 것만큼 멋진 일은 없으며
그렇게 어른으로 살아가는 부모님이
'그때가 좋을 때다'라고 말씀하실 때
가장 이해가 되지 않았다.

그리고 이제 그들의 삶을 동경하던 아이는
선배가 되고, 팀장이 되고, 부모가 되었다.
소꿉놀이 어른 흉내 내며 간절히 기다렸던
그 시간이 차고 넘치게 눈앞에 있지만
더 이상 설레지 않는다.
그때가 좋았다는 말을 버릇처럼 한다.
쉽지 않아서 멋질 줄 알았던 어른의 삶은

책임과 인내의 연속이었다.

나 역시 언제부턴가
다른 무게감과 시선으로 사연들을 바라보고 있었다.

공부할 건 많고 시간은 부족하다는 학생들의 사연 너머
아이들을 잘 이끌고 있는지 고민하는
교사의 글이 와닿기 시작했고,
면접 전야, 긴장하고 있는 취준생의 사연 뒤
퇴직을 앞둔 어느 가장의 슬픈 고백이
메아리처럼 남았다.

'인생이 참 빠르고 허무합니다.'

사춘기 딸과 갱년기 엄마의 전쟁 같은 하루.
예전으로 돌아가고 싶다 울먹이는 그녀의 얼굴에
어린 시절 우리 엄마의 얼굴을 선명히 올려놓을 수 있었다.

언제까지나 학생으로 머물 줄 알았고
부모의 삶은 아주 먼 미래의 일일 줄 알았다.
날 힘들게 하는 선배를 욕하며 잠들던 그날 밤엔
언젠가 내가 개성 강한 부원들을 이끌 날이 올 거라

그려보지 못했을 것이다.

얼마 전 한 모임에서 이런 이야기를 하고 있는데
듣고 있던 이가 무심하게 한마디 던졌다.
"그거 나이 먹어서 그런 거 아니에요?"
"아… 그런가요?"
뭐, 딱히 반박할 말은 없었다.

그렇다면 '나이 듦'이란 '어른이 되어 감'이란
가슴이 조금 저릿한 깨달음일까.
이 세상엔 한없이 강한 영웅도, 한없이 나쁜 악당도
존재하지 않는다는 걸 인정하는 일.

그 언젠가의 내 모습이기도 한
또 언젠가의 내가 될 수도 있는 그 자리에
가만히 한 번 앉아보는 일.

잊지 않고 그 등을 껴안아주는 일.

계피와 레몬에 달콤한 설탕은 적당히

붉은 그리움에 끓여 이제 한 모금 마시자

언제쯤이면 어른이 되는 걸까

한참이나 고민했었지

겨울바람에 얼어붙은 마음도 안아주던 그런 맛일까

_ 루시아 〈어른이 되는 레시피〉 중에서

사랑은

어디로 갔을까

❋ 저희는 모두가 부러워하는 캠퍼스 커플이었어요.

첫눈에 사랑에 빠져 그 흔한 다툼 없이

3년 열애 끝에 결혼에 골인했죠.

그리고 결혼 10년 차, 두 아이의 부모가 된 우리.

아이들 얘기 빼고는 서로의 안부를 물은 지가 언젠지

기억도 나질 않네요.

다정한 눈빛과 따뜻한 손길, 한시라도 떨어지기 싫었던

그 시절의 우리는 어디로 간 걸까요?

남편은 야근에 곯아떨어졌고,

저는 혼자 라디오 앞에 앉아

그 시절 즐겨듣던 음악에 씁쓸한 미소를 지어봅니다.

_ Ron 님

잊지 않고, 아프지 않게 떠올릴 수 있다면 행복할 텐데

온몸으로 사랑을 뿜으며 서로에게 눈을 떼지 못하던 시절엔
내가 왜 좋냐는 뻔한 질문을 던지는 그녀도
그 물음에 온갖 이유를 다 붙이다 결국엔 '그냥 너니까…'
배시시 웃던 그도 마냥 좋았다.
정말 이유 따위는 필요 없었으니까…
그냥… 좋았으니까.

하지만 언젠가는 찾아오고야 만다.
'꼭 이 사람이어야만 하는 이유'와
'그럼에도 함께일 수 있는 이유'를
찾지 않고는 견디기 힘든 때가.

사랑을 노력한다는 게 말이 되냐는
어느 노래의 가사가 메아리치지만,
꾸역꾸역 그의 좋은 점을 찾아내고
첫 만남의 설렘을 복습하듯 떠올렸다.

그리고 어렴풋이 알게 되었다.
그토록 그리워했던 건 그 시절의 그가 아니라
처음이 주는 긴장감과
서로를 온전히 알지 못해 두근대던
연애 감정이었다는 걸.

영원할 듯 빛을 발했던 그대는 어디로

모든 것을 줄 것 같았던

어느 저녁노을 빛깔마저 변해버린 날

사랑은 어디로 떠났나

사랑 안에 갇혀 있었던 난 이제 어디로

모든 것을 쏟아버린 채

쓰러지는 모래 기둥처럼 붙들 수 없는

사랑은 어디로 떠났나

_ 이적 〈사랑은 어디로〉 중에서

슬픈 결말을 예고하는 듯한 노래와 달리

차고 넘쳐흐르던 사랑과

순간이 영원이 되길 바라던 그들은 사라진 게 아니었다.

조심스럽고 그래서 깨어질까 두려웠던 시간들은

조금씩 스미고 물들어 하나의 풍경이 되었다.

어느새 서로의 일부분이 되어 있었다.

무슨 생각을 하고 있을까,

조금 더 알고 싶었던 그 얼굴에서

하루의 고단함을 읽고 안쓰러움을 느낄 수 있게 되었다.

이유도 노력도 필요 없이 행복하던 시절은

수많은 좌절과 실망의 시간을 함께 넘어가며
깨뜨리기 힘든 단단한 여유와 고마움을 만들어냈다.

　　✳　막차 운행을 시작하는 그를 만나러 왔습니다.
　　　　운전석 뒷자리에 앉아 함께 라디오를 들으며
　　　　하루 일을 두런두런 나누는 이 시간이 가장 행복해요.
　　　　남편의 머리 위에 어느새 수북이 내린 흰머리와
　　　　주름진 손등에 그간의 힘들었던 날들이
　　　　스쳐 지나갑니다.
　　　　별다를 것 없는 평범한 하루를 보내고
　　　　함께 손 잡고 집으로 향할 수 있는 오늘에 감사합니다.
　　　　_ 영선 님

좋을 때 잘하는 건 어쩌면 가장 쉬운 일이다.
'그럼에도 불구하고' 그를 포기하지 않는 일.
수많은 이유를 만들어 그를 사랑하는 일만큼
아름다운 게 있을까.

사랑은 노력 없이는 피울 수 없는 꽃이었다.

　　　　　　　　　　　우리가 함께 듣던 밤

❋ 오늘 거리에서

전 남친과 너무 똑같이 생긴 사람을 봤어요.

'만약 그 사람이면 어떡하지?' 하고 고민했죠.

가까이에서 보니 다행히도 그가 아니었지만요.

정말 우연히 그를 다시 만나게 된다면

어떻게 인사를 해야 할까요?

_ 정아 님

모르는 척 지나가는 것도 편치 않고

자연스레 인사를 나누는 것도 이상하다.

한때 누구보다 가까웠지만

한순간에 가장 어색한 사이가 되고 마는 인연.

마주치지 않길 바라지만
살면서 한 번쯤은 그럴 수도 있을 거란 생각에
그 순간을 머릿속에 그려보기도 한다.
어떤 말을 건넬까.
어떤 표정이 좋을까.
말끔히 잘 꾸미고 간 날이어야 할 텐데…

하지만 이 우연한 마주침이 두려운 이유는 따로 있다.
어색한 내 표정을 단번에 알아차리고,
철없고 이기적이었던 오래전 내 모습을
그가 모조리 기억해내는 일.
혹시 그에게 조금이나마 미련이 남아 있는 건 아닐까
보이게 되는 일…….

마지막이 될지 모르는 내 모습이
쿨하고 아름답게 남기를 바라는 마음.
언제든 부디 좋은 기억으로
나를 떠올려주기를 바라는 마음.
상대에게 부리는 마지막 자존심이자
욕심일 것이다.

하지만 이런 복잡한 계산과 고민들이

우리가 함께 듣던 밤

쿨하지 못하다는 가장 큰 증거이니
어쩌겠는가.

사랑의 끝은 어디일까.
힘겹게 입을 열어 마지막을 말하던 순간일까.
한바탕 울면서 그의 흔적을 닥치는 대로 정리한 뒤일까.
우연히 그의 소식을 듣고도
가슴 철렁하지 않게 된 날부터일까.
아니면…
드디어 그의 행복을 빌어줄 수 있게 된 그날일까.

영화「시월애」에서
주인공 은주는 이렇게 말했다.

"우리가 고통스러운 건 사랑이 끝나서가 아니라
사랑이 계속되기 때문인 것 같아요.
사랑이 끝난 뒤에도……."

나도 모르는 사이 찾아왔던 달콤한 로맨스의 시작보다
사랑의 끝을, 이별의 마지막을 정하는 것이
더 어려운 일인지 모른다.

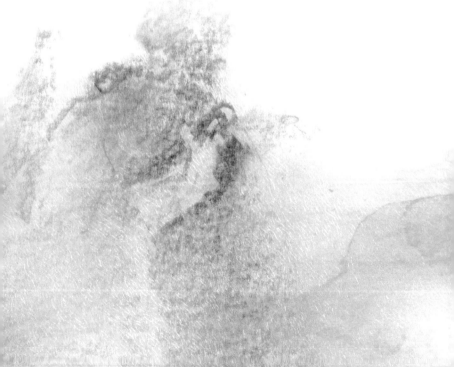

뒤돌아보면 너의 생각을 떠올린 게 언제였더라

숨 가쁘게 사는 건

무디게 했어

··· (중략) ···

끝나지 않을 것만 같던 그리움

못 본 척 나의 눈물 가려주던 친구들은

이제 웃으며 그 얘길 꺼내고

나도 웃음으로 받아줄 수 있었던 오늘

우리 한 번 더 이별할까요

_ 성시경 〈한 번 더 이별〉 중에서

사랑이 다른 사랑으로 잊혀지네

10년 가까이 살던 집을 떠나
그곳에서 멀지 않은 곳으로 이사를 했다.
존재조차 잊고 있던 물건들을
이렇게 많이 이고 살았음에 놀랐다.
해도 해도 끝이 없는 정리에 두 번은 못한다 엄살을 부렸지만
어쨌든 이사는 순조롭게 마무리되었다.

약간의 문제라면 새벽 귀갓길이었다.
이사한 곳은 예전 집에서 불과 5분 정도의 거리였다.
익숙한 도로와 골목들을 똑같이 따라가다
마지막 고가에 오르지 않고 옆길로 새면 될 일.
하지만 라디오에서 흘러나오는 음악을 흥얼거리다 보면

우리가 함께 듣던 밤

나도 모르는 사이에 예전 집으로 향하고 있었다.
머리가 아닌 몸이 기억하는 그 길로.

'또 이쪽으로 와버렸네.'
'내일은 정신 차려야지.'

이 어이없는 실수가 수차례 이어진 뒤에야
조금씩 횟수는 줄어들었다.
이틀에 한 번, 일주일에 한 번
그리고 한 달에 한두 번…

집 주변 단골로 삼을 만한 괜찮은 커피숍과
세탁소를 발견하고,
더 이상 자질구레한 물건들의 위치를
헷갈리지 않게 됐을 즈음이기도 했다.
몸과 마음에 새겨진 습관을 떼어내는 일은
생각보다 괴로운 일이었다.
그런데 그것이 사람이나 사랑의 문제라면
더 말할 것도 없지 않을까…

익숙한 뒷모습과 말투,
즐겨 마시던 커피, 좋아하던 음악…

아무 일 없는 듯 일상을 보내다가도
조금만 방심하면 부지불식간에 되살아나는 기억들에
마음을 빼앗기고 하루를 흘려보내기도 한다.

함께 듣던 기억이 떠올라
이별 뒤 라디오를 켜지 못했다는 사연을 종종 받는다.
그리고 그건 마음을 추스른 몇 달 뒤
혹은 몇 년이 지난 뒤의 고백일 때가 많았다.
오랜만이라며 겸연쩍은 얼굴로 건네는 이야기.

　　※　오랫동안 만난 친구와 헤어진 지 일 년이 지났네요.
　　　　그가 떠올라 한동안 방송도 잘 듣지 못했는데
　　　　어느새 평범한 일상을 살고 있는 제가 놀랍고,
　　　　참 많이 미워했던 그를 좋은 사람이었다고
　　　　말할 수 있게 된 것도 신기합니다.
　　　　그에게도 좋은 인연이 나타나길 바라는 밤이에요.
　　　　사랑이 다른 사랑으로 잊혀지는 건지
　　　　잊혀지니 새로운 사람이 보이는 건지
　　　　설명할 순 없지만, 이젠 왠지 저도
　　　　새로운 사랑을 할 수 있을 것 같습니다.

　　　　_ 6581 님

　　　　　　　　　　　　우리가 함께 듣던 밤

'사랑이 다른 사랑으로 잊혀지네.'

이별 뒤 누구보다 긴 밤을 보낼 이들의 사연 속에
자주 등장하는 노랫말이다.
위로가 되는 만큼 못내 서운함을 안기는 말이기도 하다.
간절히 잊고 싶지만
잊으려고 노력하는 그 시간이 고통스러운 이유는
그가 잊고 싶지 않은 기억을 만들어준 사람이기도 하니까.

우리가 정말 원하는 건
잊는 것이 아니라 아프지 않게 떠올리는 것인지 모른다.

상처는 먼지처럼 희미해지고
꼭 쥐고 싶던 행복한 장면들은
세월의 더께 속에서 은은하게 빛나는.

그러니 사랑은 예전 사랑을 잊게 하기보다
포근히 덮어주는 것이었으면 좋겠다.
미움도, 아픔도, 그리움도…….

'그래. 그럴 수도 있었겠지.'
고개를 끄덕이게 되는 어느 날.

지나간 사랑이 주었던 행복들에
진심으로 감사할 수 있게 된 그때.
우린 어쩌면
진짜 이별의 관문을 통과하게 되는 것이 아닐까.

먼 훗날 또다시 이렇게 마주칠 수 있을까

그때도 알아볼 수 있을까

이대로 좋아 보여 이대로 흘러가

네가 알던 나는 이젠 나도 몰라

_ 하림 〈사랑이 다른 사랑으로 잊혀지네〉 중에서

우리가 함께 듣던 밤

※ 뭐가 분한지 씩씩거리며

당장 남친이랑 헤어지러 갈 거라는 딸.

하지만 잠시 뒤 문을 나서는 아이 모습에

정말 어이가 없어 웃었네요.

풀메이크업에 커플티까지…

아니나 다를까 늦은 저녁에 꽃다발을 들고

헤죽헤죽 웃으며 들어옵니다.

"그래도 내 성격 받아줄 사람은 오빠밖에 없잖아."

그래, 좋을 때다. 좋을 때야.

_ 3359 님

마무리가 뻔한 대화이기에
끼어들면 피곤해지는 게 사랑싸움이다.

"난 정말 걔의 그런 점 때문에 미치겠어!"
"그래. 걔 왜 그런다니⋯⋯."
⋯
"그래도 그만한 애가⋯ 없긴 하지?"
"그럼~ 그야 그렇지."

가족이나 친구라고 크게 다르진 않았다.
서운함이 밀려들 땐 5년, 10년 전의 일까지
다 끄집어내, 세상 가장 억울한 피해자가 되었다가
따뜻한 말 한마디, 행동 하나에
얼어붙은 마음은 금세 녹아내려
그의 소중함을 잊고 있던 자신을 책망하고 타일렀다.

✦ ✦

그녀에겐 두 살 터울의 언니가 있다.
성격도, 외모도, 관심사도
어느 하나 비슷한 점이 없었기에
주변에서 자매 맞냐는 질문을 으레 던지곤 했다.

우리가 함께 듣던 밤

만나면 으르렁거리고 다신 안 볼 것처럼 싸우다가도
서로의 생일만 되면 만사 제치고 함께 여행을 떠나는
기묘한 사이.
가장 괴로운 건 그 사이에 낀 나였다.
격앙된 음성으로 전화를 걸어올 때면
재빨리 적당한 단어와 표현을 머릿속에서 골라내야 했다.
친구의 상황과 심정에 십분 공감하며 맞장구치면서도
절대 언니를 나쁘다 몰아세우면 안 되었다.
'욕을 해도 내가 한다'는 심리는
가족 사이에서 가장 극대화되었고
그들 사이엔 내가 아무리 노력해도 이해할 수 없는
복잡하고 끈끈한 정서가 있었다.

우리에겐 그런 사람이 있다.
하나부터 열까지 맞는 구석을 찾기 힘들지만
'내 편'이라는 단 하나의 이유로
아귀가 들어맞는 사람.
모두가 손가락질하고 아니라 해도
나만은 품에 끌어안을 수밖에 없는 그런 사람.
화나고 어이없는 상황조차
결국은 코미디로 만들어버리는
웃픈 존재가.

※ 남편은 술에 취하면 수박을 사오는 버릇이 있습니다.

일주일째 술을 마셨기에 우리 집 거실엔

냉장고에 넣고도 남은 수박 다섯 통이

공처럼 뒹굴고 있지요.

집 안이 수박밭 같지만, 나름 운치 있고 괜찮습니다.

한 통 드릴까요?

_ 8711 님

우리가 함께 듣던 밤

4부

걸림돌이라
생각했던 게 실은
디딤돌이었다

2006년 9월.
아직 여름의 덥고 습한 기운이
말끔히 가시지 않은 때였다.

당시 나는 방송국을 옮겨
오후 음악 프로그램의 DJ 자리를 제안받은 상황이었고,
새로운 경험이 언제나 그렇듯
설렘과 열의, 낯선 문 앞에서 느끼는 약간의 두려움으로
첫 방송을 준비하고 있었다.
두터운 팬층을 가진 이전 진행자의 뒤를 잇는 게
부담이었지만,
나만의 색으로 사람들의 마음을 움직여 갈 수 있을 거라는

믿음도 있었다.

하지만 첫 방송.
한 시간이 채 지나기도 전에
견딜 만했던 두려움은 엄청난 공포로 변했다.

'이 사람은 뭐 하는 사람인데 여기서 이러고 있나요?'
'본인 방송 부끄럽지 않아요?'
(많이 순화한 것들 가운데 일부분이다.)

생방송 중에 도착하는 글들은 다정한 사연이나
신청곡이 아닌
진행자를 원래대로 돌려놓으라는 항의와
나에 대한 날 선 비난뿐.
처음 일주일은 도저히 방송에 소개할 사연을 찾기
힘들 정도였다.

눈앞이 깜깜했다.
'처음이니까 부족해도 조금은 이해해주겠지…'
나의 안일함을 호되게 질책하는
진짜 바깥세상에 내동댕이쳐진 기분이었다.

하지만 정말 무서운 것은
사람들의 차가운 반응도
나를 믿고 기회를 준 사람들에 대한 미안함도
잘해낼 거라 응원해준 사람들을 보는 부끄러움도 아니었다.
내 안에 점점 크게 자라고 있는 믿음이었다.
'나는 정말 형편없구나…
결국은 이렇게 될 걸 괜히 시작했어.'
그리고 매일 조금씩
내가 자격 미달인 이유들을 찾아내기 시작했다.
마치 그래야 마음이 편해지기라도 할 것처럼.

당연히 찾아낸 이유만큼 자신감은 점점 줄어들었다.
온에어의 불이 켜지고 마이크 앞에서
입을 열어야 하는 순간이
너무나 두려웠다.
음악이 멈추지 않았으면 좋겠다는 생각이 들 정도였다.

상황을 돌파할 용기도, 깔끔하게 놓아버릴 여력도 없이
지루하게 이어지던 날들.
그렇게 한 달여가 지났다.

꽤 오랫동안 만나지 못했던 친구에게서 연락을 받았다.

그녀가 힘든 시기를 보내고 있다는 사실을 알았지만,
나 또한 누군가를 위로할 여유가 없었기에
올해가 가기 전에 보자는 말만 반복하던 참이었다.

드디어 그 기약 없던 약속을 지키게 된 날.
수척해진 서로의 모습에 말없이 등을 쓸어주던 우리는
근처의 한 커피숍으로 자리를 옮겼다.
그간의 안부를 주고받느라
찻잔에 입을 대는 것도 잊을 정도였다.

그러다 어느 순간 눈에 들어온 창가 쪽 작은 테이블.
펼쳐놓은 타로 카드 앞에서
가만히 귀를 기울이던 젊은 연인 한 쌍이
자리에서 일어나고 있었다.

"어때…?"
화려한 옷을 입은 여주인 앞에 우리는 끌리듯 앉았고
10여 분 정도 이야기를 나누었던 것 같다.
그리고 지금 생생하게 떠오르는 건
이 말 한마디뿐이다.

"두 분 모두 인생에서 가장 힘든 시기를 지나고 있네요."

집으로 돌아와 밤새 눈물을 쏟았다.
그녀의 말이 옳은지 아닌지는 중요하지 않았다.
누구의 입을 통해서든 그 말이 절실히 듣고 싶었다.
힘든 길을 용케도 잘 걸어왔다고…
거의 다 왔다고…….

퉁퉁 부은 눈으로 아침을 맞이했지만
이상하리만치 마음은 편안했다.
이 길이 아니라면 멈추고 다른 모퉁이를 돌아보자는
묘한 안도감이 나를 감싸 안았다.
그건 포기가 아닌 내려놓음에 가까웠다.

그날 처음으로 수월하고 기분 좋게 방송을 마칠 수 있었다.
두려워 바라보지 못했던 모니터 속엔
응원과 온기 가득한 메시지가 가득했다.
어쩌면 처음부터 내 곁에 있던 사람들이었는지 모른다.
그들을 알아보지 못하고 나를 미워하는 이들에게만
온 신경을 집중했던 지난 시간들이 후회스러웠다.

스스로를 구석으로 몰아붙였던 많은 약점은
돌아보니 나만의 매력이기도 했고
자꾸 도닥이고 만져주니 제법 예뻐 보이기까지 했다.

얼마 지나지 않아 나는 지금 방송하고 있는
밤 10시의 프로그램으로 옮겨볼 것을 제안받았다.

> ☀ 오래전 일기를 발견했어요.
> 10년 전의 나를 만날 수 있다면
> 괜찮으니 울지 말고 꿋꿋하게 살아내라고
> 말해주고 싶어요.
> 그때의 네가 있어 지금의 내가 있는 거라고…
> 물론 너는 지금껏 해온 일들과는 전혀 다른 일을 하며
> 살게 되겠지만
> 그래도 그 시간들이 전혀 의미 없는 건 아니었다고.
> 아니, 정말 중요한 시간들이었다고요.
>
> _ somi 님

우리에게 의미 없는 시간은 없다.
정말 그랬다.

어느 날 눈에 들어온 이 사연에 눈물이 핑 돈 건
소개하는 나뿐만이 아니었으리라.

오늘도 힘겹게 고갯길을 넘어가고 있는 이들에게
언젠가 읽은 제목도 가물가물한 책 속의

한 구절을 전하고 싶은 밤이다.

걸림돌이라 생각했던 모든 것들이
실은 디딤돌이었다.

좋은 사람

"거봐. 나쁜 사람은 결국 벌을 받게 되는 거야.
그러니까 우리 선우도 착한 사람이 되어야겠지?"

서점을 오가는 사람들의 수많은 대화 속에서
왜 유독 그 목소리가 걸음을 멈추게 했는지.
손자에게 책을 사주려고 오신 모양이었다.
전래 동화 한 편을 함께 넘겨보던 아이는
할머니의 물음에 사뭇 진지한 표정으로 고개를 끄덕였다.

'나쁜 사람…'
줄곧 마음을 무겁게 짓누르던 몇 달 전 일이 떠올랐다.
친구와의 수다 중에 우연히 등장한 이름이었다.

"아…그 선배랑 일했었구나.
좋은 사람이지?"
도움이 필요할 때면 늘 아낌없는 조언을 건네던
호탕하고 쿨한 성격의 선배.
그게 내가 기억하는 그의 모습이었기에
별 뜻 없이 한 말이었다.
하지만 얘기를 듣던 친구의 얼굴이 묘하게 굳었다.
"응. 뭐…….."

얼마 뒤 알게 된 사실이지만
친구는 선배와 함께 일하는 동안 너무 힘들어서
퇴사까지 결심했다고 한다.
매일 입에 담을 수도 없는 심한 말들을 듣고
집에 들어오면 소리 지르다 잠들기도 했다고.
다행인지 그가 먼저 직장을 옮기는 바람에
비로소 숨통이 트였는데
내 입에서 나오는 그의 칭찬을 듣는 게
정말 괴로웠다고 털어놓았다.
설명하기 힘든 복잡하고 착잡한 마음이었다.

관계와 상황 속에서 우리는 수시로 옷을 갈아입는다.
하지만 내 인생의 코스와 아주 짧은 접점을 가졌을 뿐인

누군가를
우린 생각보다 쉽게 판단한다.

화낼 줄 모르는 사람.
뒤끝 없는 사람.
음흉한 사람.

그리고 그 잣대는 때로 스스로를 향하기도 한다.

＊ 언니 저 A형이 아니라 O형이래요….
    우연히 다른 검사받다가 지금까지 제가 혈액형을
    잘못 알고 있었다는 걸 알았네요.
    혈액형 성격을 그리 믿지는 않지만 친구들이 하도
    '넌 A형 같지가 않다'라는 말을 많이 해서
    '내가 그런가?' 싶었는데
    이제야 그 모든 게 설명되는 것 같은 이 느낌은 뭐죠?

    _ 7748 님

네 가지의 혈액형 속에 모든 사람의 성향을 구분 짓는
엄청난 비밀이 숨어 있다고 믿는 건 아니지만
그렇게 단순하게 분류하고 나면 마음이 편해지기도 했다.
맏이형, 전형적인 A형, 자수성가형, 어리광 많은 막내형…….

누군가를 잘 알고 있다고 생각하면 조금 덜 두려웠고
나를 잘 알고 있다고 생각하면 조금 덜 답답했다.

하지만 세상은 그리 단순하지 않았다.
어제 내 어깨를 세게 밀치고 사과 없이 지나간 그가
오늘 무거운 짐을 들고 가는 누군가의 문을
잡아줄 수도 있고,
가족들에게 늘 헌신적이고 배려 넘치는 가장이
직장에서는 폭언을 일삼는 기피 대상 1호 부장일 수도 있다.
정도의 차이는 있겠지만,
우린 모두 이중성을 가지고 살아간다.
내 안의 수많은 나를
나조차 헤아리기 힘든데
타인이야 오죽할까.

얼마 전 방송 중에 이런 글 하나가 도착했다.
'여기 DJ는 누군가요? 일단 들어봐야겠군요.'
그리고 한 시간쯤 뒤 같은 발신인한테서 온 문자.
'30대쯤 되는 것 같고 정석대로만 사는
전형적인 모범생 스타일.
인간미가 없군요. 저랑은 안 맞네요. 수고하세요.'
사실 몇 줄이 더 있었지만 기억하고 싶진 않은 내용이었다.

처음 보는 누군가로부터
한 시간 만에 단 몇 줄로 정의되는 일은
생각보다 훨씬 더 불쾌했다.
하긴 알고 있던 이로부터 길게 평가받는다고 해도
기분은 크게 다르지 않을 것 같았다.
그러나 사실 이런 일은 당사자를 앞에 두고 말하지 않을 뿐
어디에서나 자주 벌어지는 일이고
나 역시 그로부터 자유롭진 않았다.

사람을 이해하는 일은 늘 어렵다.
나 역시 누군가에게 평가 내려질 걸 생각해본다면 더욱.
몇 년 전 아니, 불과 몇 달 전 내 모습에
얼굴을 붉힌 기억이 있다면 더더욱 그렇다.

열등감이나 상처를 안긴 그로부터
예상 못한 위로를 받기도 하고,
나조차 몰랐던 내 안의 섬세함이나 담대함에
어깨를 으쓱하게 되는 날이 있으니.
철없다 생각한 동생이 무심코 던진 한마디에
머리가 쭈뼛할 정도로 소름이 돋고,
모든 걸 이해해줄 거라 생각했던 그에게서
그간 본 적 없는 차가운 모습을 마주하고 실망한 적,

우리가 함께 듣던 밤

왜 없을까….

내가 만나고 겪은 수많은 모습 속에서
어떤 것을 그 사람이라 정의할 것인지.
정답은 없다.

그냥 뭐랄까
나는 늘 항상 어려웠었어
나도 나를 잘 모르는데
어떻게 날 그리도 잘 알까
다시 또 너 몰래
스쳐서 쉽게 버려진 데도
거꾸로 웃음을 지어줄게
너희들 품엔 내가 있잖아

_ 혁오 〈hooka〉 중에서

걸음을 멈추었을 때

집으로 돌아와 문득 바라본 거실 벽이
그날따라 더 낯설고 휑하게 느껴졌다.
소파에 앉아 가벼운 마음으로 검색을 시작했다.
'예쁜 선반…'
아기자기한 소품과 즐겨 읽는 책 몇 권을 올려놓으면
딱일 것 같았다.

하지만 견고함이 마음에 들면 모양이 아쉬웠고
괜찮은 디자인이라면 설치가 어려웠다.
이 정도면 괜찮겠다 싶어 가격을 보면
얼토당토않은 금액.
시간은 계속 흐르고 오기로 눈은 벌게졌지만

우리가 함께 듣던 밤

마땅한 걸 찾기란 쉽지 않았고
결국 실속 없이 휴대 전화를 손에 쥔 채
잠이 들어버린 밤이었다.
신기한 건 다음 날 아침.

'어젯밤 왜 그랬지?
벽에 꼭 뭘 달아야 하나?'

살면서 이런 순간은 꽤 자주 찾아온다.

> ※ 갑자기 제주도로 떠나야겠다는 생각이 들어
> 하루 종일 검색만 했어요.
> 전망 좋은 게스트하우스와 저렴한 비행기 티켓,
> 믿을 만한 렌터카 업체, 맛집.
> 저녁이 되니 이미 세 번은 제주에 다녀온 기분이 들면서
> 녹초가 되더군요.
> 노트북을 덮고 여행을 끝냈습니다.
> 오히려 기분이 홀가분해졌어요.
> _ 9875 님

휴식을 위해 준비하던 여행이 짐처럼 느껴지기도 하고
스트레스를 풀어보겠다고 장만한 컬러링북을 칠하다

예쁜 결과물에 집착하는 자신을 보기도 한다.

내가 정말 원하는 것을 아는 건 생각보다 쉽지 않다.
그것이 저녁 메뉴를 고르는 일이든
인생의 목표가 걸린 일이든.

　※　오랫동안 준비해온 시험에 합격했습니다.

　　　놀라운 사실은 생각만큼 기쁘지 않다는 거였어요.

　　　어쩌면 그동안 내가 집착한 건 합격 통지서가

　　　아니었을까,

　　　하는 생각도 들었습니다.

　　　남들이 달려가는 길에 조급한 마음으로 뛰어들었고

　　　자꾸 떨어지니 오기가 생겼습니다.

　　　한 번만 더. 조금만 더.

　　　이런 생각으로 지금껏 하루하루 버텼던 것 같아요.

　　　아이러니하게도 이제야 제가 원하는 걸

　　　생각하게 되었어요.

　　　비싸고 혹독한 교훈을 얻고

　　　다시 한 번 시작해보려 합니다.

　　　진짜 내가 원하는 길을 찾아보려고요.

　　　_ sj 님

소란스러웠을 내 안의 불안과
달갑지 않은 주변의 수군거림을 떨쳐내고
과감히 자리에서 일어난 이들의 이야기는 늘 놀랍다.
들인 노력과 시간을 보상받기 위해서라도
하던 일을 계속 이어가려는 관성은
길목마다 우리를 붙잡곤 했으니까.
그래서 때로는 포기가 도전보다 훨씬 어려운 선택이지만
힘겹게 걸음을 멈추었을 때
비로소 원하던 답을 찾게 되기도 한다.

진척 없이 붙들고 있던 일을 잠시 내려놓은 뒤
열어본 옛 사진첩 속에서 영감을 얻고,
풀리지 않는 문제로 가득한 그 자리를 벗어나
우연히 들른 카페에서 만난 노래 한 곡이
인생을 바꾸었다는 이야기도 심심치 않게 듣는다.

하루에 단 몇 분쯤이라도 좋을 것이다.
브레이크를 잊고 앞으로만 달려가던 나를 잡아 세워
지금 가고 있는 방향을 상기하는 일.
방금 스쳐 지났을지 모르는 미지의 그 문을
두근거리는 마음으로 두드려보는 일 말이다.

오래된 친구

'라식 받고 계속 눈 감고 있다가
갑자기 라디오가 생각났어요.
이리저리 주파수 돌리다가 찾은 곳인데 참 좋네요….
이제 자주 올게요.'
방학이나 휴가 시즌, 제법 긴 연휴가 이어질 때면
꼭 도착하는 사연이다.

'텔레비전이 고장 났어요.
갑자기 찾아온 적막이 어색해 라디오를 켰습니다.
여유롭고 좋은데요?'
역시 의외로 자주 보는 입문기이다.

우리가 함께 듣던 밤

버스 안에서
독서실에서
낯선 여행지에서
짐을 채 풀지 못한 새집에서.

첫 만남은 주로
익숙했던 일상의 결이 달라지던 어느 날 찾아왔다.
별안간 내 앞에 던져진 크고 작은 문제들이
걸음을 멈추게 했을 때
문득 떠오르기도 했다.

'아, 오랜만에 라디오나 들어볼까?'
그렇게 다가와 앉은 이들과 서서히 친구가 되었다.
소소한 하루를 나누고 추억이 적힌 노래를 들으며
울고 웃었다.
매일 밤 라디오를 켜는 것이 일상이 되었다 말하는 그들과
어디든 함께할 수 있게 되었다.

홀로 불 밝힌 늦은 밤의 사무실
내일 찬거리를 준비하는 분주한 주방
연인과 마주 앉은 편의점 파라솔
노곤한 몸을 기대는 침대 머리맡.

그 수많은 장소에 놓인 라디오을 떠올리는 건
언제나 나의 큰 기쁨이었다.

하지만 매일 듣겠다는 고마운 약속도
영원히 함께하겠다는 가슴 찡한 다짐도
잊고 지낼 날이 올 거라는 것 역시 잘 알고 있다.

임용 준비하며 매일 열심히 들었는데요.
합격 후 너무 바빴어요.
언니 늦었지만 축하해줄 거죠?

전역 후 오랜만에 생각나서 들어와봤는데
여전한 분위기가 반가워요.
커피 한 잔 들고 세상 제일 편안한 자세로 들어요.

고된 육아에 라디오 들을 여유가 없었어요.
아이가 밤잠이 좀 늘어서 이제야 와보네요.
오랜만에 마스크팩 한 장 붙이고 누워 행복하게 듣습니다.

어찌 서운함을 말할 수 있을까.
커피 한 잔과 마스크팩 한 장.
간신히 되찾은 한 조각 여유 끝에

잊지 않고 떠올려 주었다는 게 그저 고마울 뿐이다.

오랜만에 무작정 찾아와 어깨를 빌리고
하소연을 늘어놓아도 흉보지 않을 사이.
갑자기 좋은 일이 생겼다며
제일 먼저 네 축하를 받아야겠다 떼를 쓸 수 있는 사이.
매일 만나진 못해도 서로의 자리를 기억하며
웃을 수 있는 사이.

당신과 그런 오랜 친구로 남을 수 있다면
그걸로 충분하다.

우리가 함께 듣던 밤

　　❋　　저는 윤희라는 이름이 좋아요~.

　　　　　대학 때 저를 좋아했던 후배가 윤희였거든요.

　　　　　수고하세요, 윤희 씨.

　　　　　_ 1457 님

짧고 뜬금없는 사연이었지만 왠지 웃음이 나왔다.

내 이름이 좋은 기억을 선물해준 이와 같아 다행이기도 했고,

그 윤희라는 후배는 자신이 한때 좋아했던 선배를

얼마나 자주 떠올릴지 궁금해지기도 했다.

상대의 마음을 알기 전엔 내 호감을 먼저 표현하지 않겠다고

고군분투하는 요즘이다.

마음을 드러내는 게 때로는 약점이 되는 세상이다.

이 넘쳐나는 '썸'의 시대에
나를 좋아한다 말해주었던 사람은
수줍게 그 마음을 들켜주었던 사람은
얼마나 아련하고 고마운 기억인가.

> ✳ 오늘은 쌀쌀맞게 굴던 저를
> 오랫동안 좋아해준 그가 많이 생각나요….
> 돌아보니 그만큼 나를 아껴준 이가 있었나 싶습니다.
> 이리 채이고 저리 채이는 돌멩이 같은 하루를
> 보내고나니
> 그 사람이 왜 이리 떠오르는지 모르겠어요.
>
> _ 3765 님

우리가 받았던 그 마음의 진가는
고백을 듣던 순간보다 시간이 제법 흐른 어느 날,
더 크게 와닿곤 했다.
누구도 나를 좋아하지 않을 거라고 흐느끼던 이불 속에서
불현듯 떠오르기도 했고
누구에게도 인정받지 못해 서러웠던 초라한 밤에
스르륵 찾아와

오래 머물기도 했다.

좋아하는 마음을 어쩌지 못해 애태우는 이들의 이야기는
매일 밤 예외 없이 들려온다.
기분 좋게 두근대던 마음이 조금씩
고통스러워질 무렵일 것이다.

'고백하세요.'
'용기 내세요.'

짧은 조언이 얼마나 무책임하게 들릴지 알기에
좋은 친구, 친한 선후배의 관계마저 깨질까
망설이는 마음을 알기에
덧붙이는 말은 늘 조심스럽다.
하지만 이곳까지 찾아와 고민을 털어놓는 이들은
대개 용기를 달라며 마지막 끈을 잡으려 하는 이들이다.

고백 이후의 상황에 대한 두려움,
전하지 못한 마음 뒤에 남는 후회,
어느 쪽을 택할지는 당신의 몫이다.

하지만 상대에게 안 좋은 기억으로 남게 될까,

걱정하는 이들에게만은 이렇게 말할 수 있을 것 같다.

힘들게 마음을 내어 보이기까지
고민하고 뒤척였을 그 시간들은
이미 상대가 받을 수 있는 최고의 선물이라고.
혹여 그와 당신의 마음이 다른 곳을 향하고 있다 하더라도
시간이 흐른 뒤 더 많이 자주 떠올려지는 쪽은
용기 있게 사랑을 말하던 당신일 거라고.

우리가 함께 듣던 밤

따
뜻
한
말
한
마
디
에

＊ 누군가 저를 험담하고 다니는 걸 알게 되었어요.

너무 속상해 친구에게 말했더니

이유 없이 좋은 것이 있듯이 그냥 이유 없이

그럴 수도 있는 거다,

너무 상처받지 말라고 하네요….

그래요… 내게도 그런 미운 사람이 있으니까요….

머리로는 이해하려 해보지만

어쨌든 쉬이 잠이 오지 않는 밤이네요.

_ 3324 님

'스타'라는 호칭이 자연스러운 이에게도

안티는 늘 존재하고,

모두가 입을 모아 말하는 그의 매력과 장점이
누군가에게는 지독히 싫은 점으로 보이기도 한다.

모든 사람이 나를 좋아할 수는 없다는 것.
나를 싫어하는 사람이 있을 수 있다는 것.
당연한 일이다.

하지만 그 당연한 일이 눈앞의 현실이 되었을 때
의연하게 대처하는 건 또 별개의 문제.
나를 밀어내고 거부하는 이들을 마주하는 건
언제나 피하고 싶은 일이고,
내가 좋아하지 않는 이에게조차 미움 받고 싶지 않은 마음,
더 많은 이에게 사랑받고자 하는 마음은
우리를 살아 움직이게 하는 힘이기도 했으니까.

더구나 누군가를 좋아하지 않을 자유가
그에게 마음껏 화살을 쏠 수 있는 자유를 뜻하는 건 아니다.
그의 생각에 동의하지 않는다고 해서
그를 존중할 필요가 없는 건 더더욱 아니다.

✦ ✦

우리가 함께 듣던 밤

방송에 종종 소개하곤 했던 뮤지션의
갑작스러운 비보를 들은 날이었다.
마치 가까운 이를 잃은 듯한 상실감과 함께
그의 마지막 편지와 그가 쓴 노래 속 가사들이
메아리처럼 맴돌던 날.

'힘든 날 알아차려줘.
수고했다 말해줘.
고생했어.'

> ※   전화상담사로 일하고 있어요.
>   몇 달이 지나도 절대 익숙해지지 않는 폭언…
>   오늘은 유독 힘든 상담이 많아 귀도 멍하고
>   정신도 멍해질 정도였어요.
>   이제 한계다 느끼던 순간 연결된 전화.
>   "친절하게 알려줘서 고마워요. 수고가 많네요."
>   엄마 같은 그 목소리에 저도 모르게
>   울먹거리고 말았어요.
>   '감사… 합니다. 고객…님…'
>   그분도 아마 떨리는 제 목소리를 눈치채셨겠죠.
>
>   _ 8372 님

힘내라는 말까지도 필요 없었다.
그저 내 하루의 수고를 이해해주고
흐르는 눈물을 가만히 닦아주는 사람이면 되었다.
고생했어요.
수고 많았어요….
그 짧은 한마디에 담겨있는 온기는
금세 깊숙하게 스며들어
몸과 마음의 긴장을 완전히 풀어내리게 했다.
그건 내 존재를, 내 노력을 인정받는 순간이었으며
혼자가 아님을 느끼게 하는 순간이기도 했다.

그래….
그를 좋아하지 않아도
사랑하지는 않더라도
이 정도는 해볼 수 있지 않을까.

'당신이 노력했다는 걸 알아요.'
'수고 많았어요. 오늘도.'

우리가 함께 듣던 밤

작게 열어둔 문틈 사이로

슬픔보다 더 큰 외로움이 다가왔던 날

수고했어 오늘도

아무도 너의 슬픔에 관심 없대도

난 늘 응원해

수고했어 오늘도

_ 옥상달빛 〈수고했어, 오늘도〉 중에서

심야형 인간의 기쁨

방송이 끝난 새벽.
도로 위엔 붉은 꼬리를 물고 달리는
차들이 여전하고
양옆으로 늘어선 건물들엔
촘촘히 켜진 조명들이 화려하게 빛나고 있다.

누군가 그랬지.
도시의 야경이 아름다운 건
야근하는 사람들 덕분이라고.

한때 '아침형 인간'이라는 책이
열풍을 불러일으킨 적이 있다.

아침을 활용해야 성공한다는 논리는
제법 솔깃하고 도전 의식을 자극하는 제안이었기에
그 길에 뛰어들기로 마음먹은 이들이 넘쳐났다.
알람과의 치열한 싸움 끝에 승리한 이들은
새벽잠을 반납하고 어스름한 공기 속에서
하루를 시작했다.

나 역시 그 도전자들 중 한 명이었고
놀랍게도 처음 얼마간은 꽤 성공적이었다.
시간을 쓰는 게 아니라 버는 기분이 드니
뿌듯함은 이루 말할 수 없었다.

'아직 점심시간이라니….'
'아직도 초저녁이라니….'

무언가 생산적인 일을 해내기에
더없이 좋은 기분과 환경이었고
일찍 잠자리에 들어야 하니
야식이나 텔레비전의 유혹에서도 벗어날 수 있었다.

하지만 이로운 점을 알아가는 딱 그만큼
마음은 헛헛해졌다.

밤이 주는 낭만을 포기하는 일은
생각보다도 더 괴로웠다.

음악을 듣고, 공상을 하고,
글이나 그림을 끄적이고….
코앞에 닥친 리포트를 쓰기에도
미뤄둔 책상 정리나 옷장 정리를 하기에도
누군가를 떠올리며 실없이 웃거나 슬퍼하기에도 좋은,
아니 그 무엇도 하지 않아도 될 시간.

몇 주간의 아침형 생활 끝에 얻은 가장 큰 깨달음은
나는 밤을 포기할 수 없는 사람이라는 사실이었다.
다행히도 나는 그 뒤로 줄곧
심야 라디오의 DJ로 살고 있다.

바로 쓰러져 잠들고 싶은 날이었는데
막상 집에 오니 이 시간이 너무 아깝네요.
내일 아침에 후회할지 모르지만
라디오 들으며 어제 사둔 재료로
수제 향초 좀 만들어볼까 해요.
밤은 왜 이리 짧죠?

아이들이 모두 잠들었어요

드디어 자유시간….

남편과 치킨 한 마리 시켜놓고

두런두런 얘기 나누며 기다리는 이 시간이

너무도 달콤해요.

엇, 도착했네요!

몇 해 전 방송국으로 도착한 작은 상자 속엔

석사 논문 한 권이 들어 있었다.

'조선 시대 의복에 관한 연구'.

누가 잘못 보냈나?

의아함에 한 페이지를 넘기니 짧은 메모가 적혀 있다.

'몇 달간 방송을 들으며 완성한 논문입니다.

긴 밤을 함께해주셔서 감사해요.

기념으로 한 부 보냅니다.'

이외에도 청취자들과 내가 함께한 수많은 밤과 꿈들은

다양한 선물들 속에 담겨 간간이 나를 찾아온다.

시집, 손뜨개, 장갑, 인형, 전시회 티켓, CD 등등.

빽빽이 짜인 일과 끝에 주어진

느슨한 조율의 시간.

이성의 시간을 넘긴 뒤 찾아오는

감성의 시간.
어린 날 컴퍼스로 그린 동그란 계획표 속
작은 틈 같은 '자유 시간'.

그 안에서 오늘은
어떤 꿈을 꿀 수 있을까.

내가 어두운 밤이 되면 별이 되어줘

네가 반짝반짝 빛나는 별이 돼 줄래?

모두들 잠드는 침묵의 밤 너머에

네가 내 친구가 되어줘

친구가 되어줘

_온유, 이진아 〈밤과 별의 노래〉 중에서

우리가 함께 듣던 밤

❋ 출근길에 아깝게 버스를 놓치면

하루 종일 일이 꼬이는 징크스가 있어요

오늘도 역시 그랬네요.

점심 먹은 게 체해서 고생하고,

몇 시간 동안 작성한 보고서를 날려먹고,

돌아오는 길엔 지하철 난방이 고장난 거 있죠?

아, 정말 지칩니다.

_ 8879 님

밤 10시.

오늘 하루 망쳐버린 일들을

일목요연하게 정리하기 좋은 시간이다.

걸림돌이라 생각했던 게 실은 디딤돌이었다　　　　　　　　　　　　　185

얄궂은 머피의 법칙에 시달리다 집으로 돌아온 이들은
자신이 얼마나 어리석고 운 없는 사람인지
증명하기에 바빠 보인다.
마치 그것을 이야기하는 게
스트레스 해소에 도움이 되는 것처럼.
좋아하는 음악으로 위로받고 싶다는
작은 소망들을 소개하며
나도 어설픈 위로를 건네본다.

"두 번째 보고서를 작성할 땐
더 좋은 영감이 떠오를… 거예요."

"막차 놓치고 걸어오시는 바람에
이렇게 사연이 소개되었네요. 하하.
이 음악이 위로가 되기를…."

옷깃을 파고드는 바람이 조금씩 부드러워지는 계절이 오니
새 보금자리로 떠날 채비를 하는 이들이 눈에 띄게 늘었다.
끝없이 쌓인 짐들과 함께 그간의 추억 또한
천천히 돌아보는 시간.

우리가 함께 듣던 밤

하지만 그들을 우울하게 만드는 건
정든 공간을 떠나는 아쉬움만이 아니었다.

내일 이사하는데 종일 비가 온다네요.
벌써부터 마음이 심란합니다.
계속 맑다가 왜 하필 내일만…
친구들은 비 오는 날 이사하면 잘산다고 저를 위로하는데
글쎄요… 정말 그럴까요?

눈비 올 때 이사하면 부자 된다.
궂은 날 결혼하면 잘산다.
넘어진 김에 쉬어간다.

정확한 출처를 알 수 없는 이 이야기들은
아주 오랫동안 어떤 증명이나 논리 없이도
낙담한 이들의 마음을 어루만져왔다.

'우리 아빠가 그랬어….'
'할머니가 그러시더라….'

그저 이 정도의 정보면 충분했다.
듣는 이도 전하는 이도 사실은 알고 있다.

우리가 함께 듣던 밤

나를 위로하기 위해 하는 말이라는 걸.
풀 죽은 표정을 그저 보고 있을 수만은 없어서라는 걸.
아마 우리 할머니의 할머니도 그렇게 시작하셨겠지.

그러나
말의 힘은 늘 대단했다.
나를 아끼는 이들이 확신에 어린 표정으로 전하는
그 말들을 듣고 있노라면
정말 그럴 수 있을 것만 같았다.
아니, 나도 모르는 사이
정말로 그렇게 되어 있었다.

그러니 그들의 말을 한번 믿어보자.
모든 운을 빼앗긴 듯한 오늘이 있었으니
내일은 예상 못한 즐거움 한둘쯤은 있을 거라고.
넘어지고 구른 오늘이
더 풍성하고 단단한 내일을 만들어줄 거라고.

토닥토닥….

행복의 주문을 외우는 밤

※ "엄마, 나 학교에서 좋은 일 있었다?"

학교에서 돌아온 아들이 방긋 웃으며 하는 말.

무슨 일이냐 물으니 세상 행복한 얼굴로 말합니다.

"오늘 내가 학교에서 급식 당번이라 바나나

두 개 먹었어."

한껏 답을 기대했다가, 한참 웃었네요

오늘은 작은 것에 행복을 느끼는 아들을

닮고 싶습니다.

_ 3678 님

'좋은 일'이라는 말에
선생님께 받은 칭찬이나 100점짜리 시험지 따위를
반사적으로 떠올렸던 나 역시
그 순수함에 금세 나른한 행복을 느꼈다.

어느 사이 '좋은 일'의 기준은 엄격하고 까다로워졌다.
손에 잡히는 결과물이나 계산 가능한 수치여야 했고,
보상 없는 일엔 점점 흥미가 떨어졌다.
내면의 깊은 만족보다는
다른 이들의 평가나 시선을 더 중요한 자리에 올려두었다.
그렇게 누군가의 인정이나 칭찬을 받은 날엔
종일 그 장면을 곱씹으며 흐뭇해했다.
"괜찮은 하루였어."
그것이 행복이라
나도 모르게 세뇌시키고 있었다.

오래전 파일들을 정리하다가
낯선 목소리를 발견했다.
분명 내가 진행하는 방송이었고, 코너도 음악도 익숙했다.
내가 모르는 사이 누가 이런 걸 녹음해둔 걸까?

아…

조금 더 들어보다가 경악했다.

그건 10년 전 내 목소리였다.

긴장한 티가 역력한 호흡과 발성,

그걸 감추려 애쓰고 있는 높은 톤의 목소리.

하지만 더 놀라운 건

방송을 진행하고 있는 내 모습이

그리 행복하게 느껴지지 않았다는 사실이다.

하긴 그럴 수밖에 없었다.

스스로에게 확신이 없었기에

매일 살얼음판을 걷는 기분으로 살았다.

매 순간 사람들의 반응을 보며

안도하고 또 불안해했다.

수많은 따뜻한 사연 속에 톡 튀어나온

날카로운 글 하나를 온종일 붙잡고

괴로워했다.

피곤하고 개운치 않은 마음으로

잠자리에 든 날은 밤새 악몽에 시달렸다.

어느 순간, 이대로는 안 되겠다 생각했다.

다음 날 아침이 밝자마자 무작정 걸었다.

걷고 또 걸었다.

숨이 차올라 더 이상 아무 생각도 들지 않을 때까지.

그다음 날은 책 한 권을 들고

목적지 없이 지하철에 올랐고,

그다음 날엔 그림을 배우러 다니기 시작했다.

그렇게 계획 없이 즉흥적으로 행동한 건

난생처음이었다.

자유롭고 가뿐했다.

잡념과 불안은 점점 사라졌고,

내가 쥐고 있는 것들에

조금씩 힘을 뺄 수 있게 되었다.

코앞의 것들만 안달복달 바라보던 시선은

조금 더 멀고 넓은 곳을 향하기 시작했다.

세상은 한 폭의 그림 같기도

한 편의 영화 같기도 했다.

나는 그 안을 지나가는 행인1 정도…?

그래.

그럴 수도 있지.

별거 있겠어?

입버릇처럼 중얼거렸다.

행복은 작고 사소한 것들 사이에
감춰진 보석이었다.

적당히 낯설고 적당히 익숙해진 카페 안 구석 자리,
고막을 타고 온몸을 풍성하게 감싸는 음악 소리,
유리컵에 맺힌 물방울과
찰랑이는 얼음 사이에 꽂아둔 빨대조차 청량한
아이스커피 한 잔,
적당히 두근대는 심장 소리,
결국은 무엇이든 해낼 수 있을 것 같은 기분 좋은 예감.

그래,
이 기분이었다.

내 속삭임으로 행복의 주문 걸어
그대 맘을 밝혀줄게요
따라 하면 돼요
카운터줄게요

어렵지 않아요

단순하긴 해도 힘이 될 거예요

행복의 주문

하나 둘 셋 넷

행복해져라

행복해져라

_ 커피소년 〈행복의 주문〉 중에서

5부

한때 내게
머물던 것들이
길을 물어
돌아올 수 있다면

❋ 오늘 부모님 댁에 갔다가

정말 오래된 라디오를 발견했어요.

30년 가까이 됐으려나….

카세트 데크도 있고 뻑뻑하지만 버튼도 잘 작동하네요

무엇보다 노란불이 들어오는 주파수 눈금들.

어린 시절 생각이 나면서 기분이 묘해졌어요.

결국 그 무거운 걸 들고 왔네요.

아이들은 무슨 유물 보듯 신기해하지만

전 오늘부터 이걸로 방송을 들을 생각에 흐뭇해집니다.

_ 6889 님

한때 내게 머물던 것들이 길을 물어 돌아올 수 있다면

삐빅.

버튼 하나로 원하는 채널을 한 번에 찾고

인터넷만 연결되어 있다면

전 세계 어디서든 방송을 들을 수 있는 요즘이다.

들려오는 음악에 '좋아요'를 누르고

그 곡에 담긴 추억이 떠오르면 바로

사연을 전송할 수도 있다.

그곳이 출장지든 신혼여행지든.

하지만 이 편리한 디지털 세상을 마다하고

낡고 불편한 아날로그 라디오를

찾아 헤매는 이들 역시 적지 않다.

중간중간 들리던 잡음마저 그리움이 되었는지

너무 깔끔해진 음질이 정 없게 느껴진다 한다.

칙… 치지직….

촘촘히 박힌 눈금 사이를 금고 열듯 조심스레 움직였다.

안테나를 높게 세우고 적당한 위치에 고정하느라

애를 먹기도 했다.

그마저도 여의치 않으면 라디오를 통째로 들고

이 방 저 방을 떠돌기도 했다.

그렇게 공들여 맞춘 주파수에서
때마침 내가 사랑하는 노래가 흘러나오고
며칠 전 보낸 엽서 사연이 흘러나왔을 때의
벅찬 감동은 이루 말할 수 없었다.
언제 소개될지도 모르고 다시 들을 수도 없으니
노래 한 곡, DJ의 한마디를 놓칠세라
귀를 대고 온 신경을 집중했다.
조금 수고스럽고 불편했지만
그래서 더 소중하고 사랑스러웠다.

물론 조금 더 공을 들일 여유가 있다면
공테이프를 장만해 나만의 컴필레이션 음반을
제작할 수도 있었다.
DJ의 목소리가 끼어들지 않아야 하고
곡명을 들은 후 바로 녹음 버튼을 누르는 신속함은 필수.
잠이 오지 않는 밤엔 그 테이프가 여러 번
돌아갈 때까지 듣고 또 들었다.

이쯤 되니 알 것도 같다.
이 아련함의 정체는
단지 유행 지난 투박한 라디오를 향한 것만이 아니었다.
그 앞에 앉아 흐뭇하게 미소 짓던 그날의 우리,

라디오를 향한 애정 어린 시선들이었다.

언제 어디서나 들을 수 있다는 편리함은
종종 오늘이 아니어도 괜찮다는 이유가 되기에 충분했고,
기다림이 사라진 만큼 애틋함 역시 흐려졌다.

하지만 라디오는 여전히 우리 곁에 남아 있다.
비디오가 라디오를 사라지게 할 거라는
많은 이들의 예상을 뒤엎고.

기술이 아닌 정서의 문제다.
그 안에 모여 함께 이야기하고 음악을 듣는 당신과 나는
여전히 아날로그 감성을 두르고 있으니까.

혼자가 아니라는 안도.
비슷한 추억과 일상을 공유하는 저 너머의 누군가.
이 세상 어딘가에 나와 같은 주파수를 맞추고
같은 음악을 들으며 위로받고 있는 이가 있다는 생각.
그 모든 게 여전히 우리를 라디오 앞에 다가앉게 한다.

치지직.
오늘도 주파수를 맞추고

우리가 함께 듣던 밤

당신을 기다린다.

와, 이 노래 오랜만이에요.
중학교 때 서태지를 무지 좋아하던 단짝 친구와
교환일기를 썼는데,
그때 친구가 가사를 적어준 생각이 나네요.
전 신승훈을 좋아했는데 말이죠.
어머!!! 바로 나오네요. 신승훈!
웬일이야~ 꺅!!!

소름 돋아요.
오늘 온종일 이 노래가 입가에 맴돌았거든요.
가수 이름도 노래 제목도 생각이 안 나서
답답해하던 참이었는데
이 노래가 흘러나오다니 이럴 수가 있나요?
대박!!

그래 그랬었어 오랜 친구가 있었어
힘들고 지친 내 맘을 위로해준
지금 어디선가 그대도 듣고 있겠지

한때 내게 머물던 것들이 길을 물어 돌아올 수 있다면

그대와 나만의 Wonderful Radio

지금껏 많이 좋아했던 노래들

그리고 내가 사랑했던 사람들

설레던 얘기와 그립던 시간들

그 모든 걸 Wonderful Radio

_ 김현철 〈Wonderful Radio〉 중에서

우리가 함께 듣던 밤

　※　오늘 지하철에 또 우산을 두고 내렸습니다.

　　지난번엔 버스에 두고 내렸는데….

　　왜 이리 덜렁대는지

　　주인 잘못 만나 여기저기 떠돌다 버려질

　　우산들을 생각하니 쓸쓸하네요.

　　_ EJ 님

지갑을 꺼내다 코트 주머니에서 떨어진 장갑 한 짝,

손 씻으려고 잠깐 빼놓았다 두고 온 반지,

양손 가득 짐을 챙기느라 생각 못한 테이블 위 휴대 전화.

언제 어디쯤이었는지 기억나는 건 그나마 양호한 편이다.

며칠 뒤에나 사라졌음을 깨닫고
황급히 지난 기억을 더듬을 때 따라오는 망연함조차
이젠 익숙하다.

내 조곤조곤한 말투 때문인지
꼼꼼한 성격을 가졌을 거라 짐작하는 이들이 적지 않지만,
언젠가 방송에서 한 해에 지갑을 세 번 잃어버린 적이 있다고
말한 건 사실이다.
다행히 그중 두 번은 되찾았지만.

유독 물건을 잘 챙기지 못하는 성격은
어릴 때 역시 마찬가지여서
그 문제로 호되게 혼날 때가 많았다.
한 번은 집에 놀러 오신 친척 어른이
용돈으로 주신 500원을 어디에 뒀는지 말을 못해
문밖으로 쫓겨나기도 했다.
어머니는 이번 기회에 따끔하게 가르치자는 마음이었겠지만
울먹이던 그때의 나는 어찌 그리도 서러웠는지.

그날 저녁 500원은 예상 못한 곳에서 발견됐다.
건조대에서 마른 옷을 걷어 개던 중
아버지의 셔츠 주머니에서 짤랑하고 떨어지는 동전.

"아, 맞다. 아까 거기에 넣어두고 놀다가 잊어버렸나봐요."
"너를 어쩌면 좋니!!"

한때 내게 머물던 것들이 길을 물어 돌아올 수 있다면
방 한 칸 정도는 너끈히 채울 수 있을 것이다.
하지만 내가 그것들을 모두 알아볼 수 있을까?

>＊　오랜만에 노래방에 갔는데
>　　친구 한 명이 한동안 잊고 있던 노래를 부르더군요.
>　　'이 노래 예전에 누가 잘 불렀었는데…
>　　누구였더라… 누구였더라…?'
>　　집으로 돌아올 무렵 생각이 났어요.
>　　대학생 때 잠깐 사귀었던 같은 과 선배.
>　　그런데 도무지 이름이 생각 안 나는 거예요.
>　　얼굴도 가물가물… 목소리도 흐릿하게만 떠오를 뿐….
>　　기분이 이상해졌어요.
>　　저 역시 그 사람에게 이 정도 기억일뿐이겠죠.
>　　_ 3091 님

머리보다 손이 먼저 기억하던 전화번호.
종일 보고도 모자라 꿈에서도 만나자던 얼굴.
절대 잊을 리 없다 생각한 사람의 이름이

흐려지다 못해 사라진 걸 깨닫는 날이 있다.
실체 없는 그리움을 안고 혀끝에 맴도는 한마디를 찾다가
무거운 마음으로 잠이 들던 밤.

아끼던 물건을 잃어버린 것이 안타까움이라면
아끼던 기억을 놓쳐버린 것은 뒷맛이 쓸쓸하다.
마치 주인 잃은 우산이
사람들의 발끝에 채이고 채이다
버려지는 모습을 보는 기분이랄까.

계절앓이가 한창인 요즘이다.
가지각색의 증상을 호소하는 이들 위로 날아드는
강렬한 한 사연이 있었다.

'요즘, 옷에 난 보풀만 봐도 슬퍼집니다.'

한때 매끄럽고 윤기 나던 것들이 빛을 잃고 낡아가는 모습이
꼭 자신의 모습을 보는 것 같아 서글퍼진단다.

우리가 함께 듣던 밤

풋풋한 첫사랑.

생기 넘치던 스무 살의 꿈.

작고 여린 새 생명을 안고 눈물 흘리던 그날.

하지만 풋풋함은 설익음이기도 했고,

오랜 환상을 깨고 마주한

막막하고 당황스러운 순간들 역시 적지 않았다.

우린 돌아갈 수 없는 그날들과

여전히 기억해낼 수 있는 그 시간들을

매일 둥글고 보드랍게 깎으며

그 위에 조금씩 환상을 덧입히고 있는지도 모른다.

더없이 찬란하고 아름다웠노라고.

견딜 만한 아픔이었고 시련이었다고.

그러니 너무 오래 슬퍼하지 않았으면 한다.

영영 기억해낼 수 없는 허무함보다는

다시 돌아갈 수 없는 그날을 그리워하는 편이 나을지 모르니.

시간은 아프고 저린 기억들마저 아름답게 감싸 안아

우리에게 돌려줄 테니.

사랑이란 게 어쩌면

둘이란 게 어쩌면

스쳐가는 짧은 봄날 같아서

잡아보려 할수록 점점 멀어지나봐

추억이란 자고 나면 하루만큼 더 아름다워져

_ 성시경 〈더 아름다워져〉 중에서

우리가 함께 듣던 밤

그
땐
그
랬
지

「응답하라」 시리즈가 큰 인기를 얻을 무렵
대세는 '추억'이라는 코드였다.
작은 찬거리도 함께 나누고
이웃의 아이를 내 자식처럼 염려하던 시절.
줄 서서 기다려 구입한 음반 하나를
품에 안고 걸어오던 기쁨을 기억하는 이들은 열광했다.

각자가 겪은 추억의 접점이 크든 작든
한동안 그 시절의 이야기는 늘 화두가 되었고
세대를 이어주는 매개가 되기도 했다.

역시 가장 호황을 누린 건 그 시절의 음악들이었다.

8, 90년대 음악이 다시 한 번 큰 사랑을 받았고
후배 가수들이 리메이크한 버전도 수없이 발표되었다.
텔레비전에선 그 당시엔 인기가 좋았지만
최근에는 한동안 볼 수 없었던 스타들이 초대되었고
팬들과 가수들은 추억을 소환해
함께 눈물로 노래를 불렀다.

물론 라디오에서도
그때의 음악들을 듣길 원하는 사람이 크게 늘었다.
원곡과 리메이크 버전의 곡들이 연일 앞다투어 소개되었고
사람들의 반응은 의외로 한결같았다.

'아, 역시 원곡을 따라올 수가 없네요.'
'리메이크곡은 감성이 영 아니네요.'
'아이가 이 노래를 따라 불러서 깜짝 놀랐는데
자신이 좋아하는 아이돌 노래로 알고 있더라고요.'

물론 트렌드에 편승해 급조하듯 찍어낸
리메이크곡도 적지는 않다.
하지만 우리가 사랑했던 가수와
그의 음악을 들으며 감수성 예민한 학창 시절을 보낸
팬들과의 유대감은 상상 이상이어서

내가 아끼는 그 음악을
동시대를 살아보지 못한 어린 가수가 불렀을 때의
묘한 당혹감도 없지는 않았을 것이다.

사람들이 그리워한 건 그저 한 곡의 음악이 아니었다.
그 노래에 배어 있는 내 모습이었다.

입소를 앞둔 전날 밤 뒤척이며 밤새 귀 기울였던 나.
공부에 지친 맘을 달래준 한 곡을 시작으로
열렬한 팬이 되었던 나.
배낭 하나 메고 홀쩍 떠난 여행지에서 우연히 만나
온 맘을 빼앗겼던 나.
축가로 함께 불렀던 그 노래가 라디오에서 들려오면
누가 먼저랄 것도 없이 소리쳤다.
"우리 노래다!!"

음악은 언제나 가장 빠른 타임머신이 되어
그 시절로 되돌아가게 했다.

　※　기억은 참 신기해요.
　　　10대 20대 때 들었던 노래들은 대부분 외우는데
　　　요즘 딸아이가 들려주는 노래들은

한때 내게 머물던 것들이 길을 물어 돌아올 수 있다면　　　　　213

하나도 기억나지 않아요.

그래서 매번 누구 노래냐고 물으면

한참을 어이없다는 눈빛으로 쳐다보는 딸.

'너네 노랜 정서가 없어서 안 외워져~'라고 했는데

그냥 제 머리가 나쁜 건가 싶기도 해요.

_ 5419 님

어쩌면 우리의 '정서'란 익숙함, 그 자체였을까.

풋풋하고 어설펐지만

그래서 더 아름답고 생생한 그 시절의 기억.

요즘 애들은 버릇이 없어.

감성이 없어.

들을 노래가 없어.

래퍼토리는 조금씩 바뀌었지만

큰 토대는 변함이 없다.

고대 동굴에도 적혀 있던 푸념이라니

그 역사는 알 만하다.

나 역시 그런 말들을 숱하게 들으며 자랐고,

지금 낯설게 들리는 그 음악들이

우리가 함께 듣던 밤

훗날 또 다른 후배 가수로부터 리메이크되었을 때의
아이들이 느끼는 감정도 크게 다르지는 않을 것이다.

그땐 그랬지.

아마도 영원히 반복될
읊조림이자 그리움이 아닐까.

이
따
가 전
화할
게

✳ 오늘 딸아이에게 휴대 전화를 사줬습니다.

반 애들 다 있는데 자기만 없다고 우겨서

결국 맘이 약해졌거든요.

신나서 친구랑 통화하는 모습을 보니

애는 애구나 싶었어요.

그리고 예전 생각이 나더라고요.

그땐 친구네 집으로 전화도 많이 걸고 그랬는데.

_ 2551 님

"아, 안녕하세요.

저는 지연이 같은 반 친구 윤희라고 하는데요.

지연이랑 통화할 수 있을까요?"

우리가 함께 듣던 밤

신호음이 울리는 몇 초 동안
제법 긴장되는 마음으로 연습하던 인사말이었다.
전화하는 모습이 의젓하고 예의 바르다며 칭찬받은 날엔
어깨가 절로 솟았다.

집에 가서 연락할게.

설레는 약속을 받은 날이면 거실 전화기 앞에
붙박이처럼 앉아
시계와 수화기를 번갈아 보았다.
기다리는 벨소리 대신 초침 소리만 커졌던
달콤하고 고통스럽던 기다림의 시간.

휴대 전화 없던 세상이 불편했는지 낭만적이었는지
지루했는지 아름다웠는지….
사실 이런저런 소회는 지금에야 꺼내보는 그리움일뿐
그것이 일상이던 시절엔
특별히 불편하지도 아름답지도 않았던 것 같다.
혹시라도 길이 엇갈릴까
약속 장소에서 조금도 움직이지 못하고
서성이며 발끝만 바라보던 이들의 모습이
그땐 너무나 당연한 풍경이었으니.

떨리는 수화기를 들고 너를 사랑해

눈물을 흘리며 말해도 아무도 대답하지 않고

야윈 두 손에 외로운 동전 두 개뿐

_ 공일오비 〈텅빈 거리에서〉 중에서

이 노래가 라디오에서 흘러나올 때

사람들의 반응은 대개 두 가지다.

데뷔 초 윤종신의 미성에 대한 감탄.

동전 두 개로 공중전화를 걸던 시절에 대한 그리움.

사실 20원이라는 요금보다 놀라운 건

이젠 공중전화 자체를 찾기 힘들어졌다는 사실이다.

당시 공중전화 부스는 전화 거는 장소, 그 이상의 의미였다.

드라마나 뮤직비디오에 단골로 등장하던

낭만과 불면 그리고 미련의 상징.

깊은 밤 주머니 가득 동전을 채워

가로등 불빛 비추는 그곳으로 들어간 연인들은

마지막 동전이 떨어져 결국 삐삐 소리를 낼 때까지

둘만의 밀어를 나누었고,

동전 몇 개를 손에 들고 망설이다 문을 연 누군가는

짝사랑하던 그의 번호를 누르고 끊길 반복했다.
이미 마음이 돌아선 수화기 저편의 상대를 향해
마지막 고백을 전하는 이의 눈물도 있었다.
기댄 창가에 차가운 빗방울이라도 떨어지고 있으면
그 애절함은 배가 되었다.

누군가에겐 가족의 눈총을 피해 사수해야 할 대상이었고
달콤한 벨이 울리길 기대하는 그를 위해
시간 맞춰 달려가야 하는 곳이기도 했으니….
'전화할게'라는 말은 설렘의 다른 이름이자
꼭 지켜져야 할 약속이었다.

전화할게.

물론 이 작고 네모난 물건이
모든 이의 손에 들려진 이후론
흔한 인사치레의 말이 되었지만.

✉

당신 방의 책장을 지금 잘게 흔들고 있을 전화 종소리, 수화
기를 오래 귀에 대고 많은 전화 소리가 당신 방을 완전히 채
울 때까지 기다립니다. 그래서 당신이 외출에서 돌아와 문

을 열 때 내가 이 구석에서 보낸 모든 전화 소리가 당신에게
쏟아져서 그 입술 근처나 가슴 근처를 비벼대고 은근한 소
리의 눈으로 당신을 밤새 지켜볼 수 있도록.

_ 마종기, 「전화」(『변방의 꽃』, 지식산업사, 1976) 중에서

그때 그 카페에서

1990년대 중반부터 2000년대 초는
20대 남녀들의 고민과 사랑을 웃음으로 풀어내던
청춘 시트콤의 전성기였다.
가수, 개그맨, 신인 배우까지…
출연한 연기자들은 오래지 않아 스타의 반열에 올랐고
해 질 무렵 텔레비전을 켜면 대학 휴게실 혹은
자취집 거실에 모여 앉아
말장난 같은 수다를 늘어놓는 주인공들의 모습이
익숙하게 펼쳐졌다.

이런 아기자기한 구성과 스토리는
당시 미국에서 엄청난 인기를 끈

우리가 함께 듣던 밤

시트콤 한 편의 영향을 받았다 해도 과언이 아니다.
요즘처럼 쉽게 해외 영상을 구할 수 있는 시절이 아님에도
입소문만으로 많은 이의 마음을 사로잡았던
미드「프렌즈」.

다양한 매력을 가진 캐릭터들이 잽을 날리듯
툭툭 내뱉는 대사들은
웃음을 만드는 데 실패하는 법이 없었고
이국의 청춘들이 전하는 가족과 사랑, 미래에 대한 고민들은
우리에게도 소소한 공감을 안겨주기에 충분했다.
언어뿐만 아니라 그들의 문화, 유머 코드를
동시에 배울 수 있다는 점은
당시 친구들, 심지어 학부모들까지도 매료시켰다.

왠지 한 번 보면 깊이 빠질 것 같아
찾아보기를 주저했던 나는
10년간 이어진 시리즈가 막을 내린 뒤에야
뒤늦게 발을 들였고,
역시 예상대로 그들의 세상에서
오랫동안 헤어나오지 못했다.
불과 몇 달 동안 그들의 10년을 몰아치듯 감상하며
울고 웃었다.

지친 하루 끝에 어김없이 들르던 그들만의 아지트,
Central Perk 커피숍,
친구에서 연인으로 또 부부로….
헤어지고 만나고 엇갈리는 만남 속에서도
여전히 함께할 수 있는 그들의 우정은
더없이 부러웠다.

　　※　친구가 커피숍을 열었어요.
　　　　우리만의 참새방앗간이 생겨 얼마나 행복한지…….
　　　　_ 4870 님

단 두 줄의 사연으로 생생히 되살아난 기억.
물론 이젠 커피숍이 낭만과 우정만으론
굴러갈 수 없음을 이해하는 나이가 되었고
저들이 그토록 오래 함께일 수 있었던 건
카메라에 담지 못한 수많은 시간 속 노력 때문임을 알지만,
가끔은 꿈꾸게 된다.

온종일 수다를 떨고도 모자라
교환일기를 쓰고 펜팔을 자처하던 어린 날의 친구들과
서로의 꿈을 응원하며 울고 웃던 소녀들이
모두 한자리에 모여 있는 풍경을.

짤랑이는 종소리와 함께 카페의 문을 열고 들어서면
환한 웃음으로 나를 반겨줄 그 얼굴들을.

생방의 묘미

벌써 10년 전쯤의 일이다.

크리스마스가 지나가는 깊은 새벽,

연일 최다 관객 수를 갈아치우고 있다는

화제의 SF 영화를 보기 위해 근처 극장을 찾았다.

늦은 시간이었지만 빈 좌석은 거의 보이지 않았고

영화는 기대치만큼의 흥미진진함을 안고

클라이맥스로 치닫고 있었다.

그때, 거짓말처럼

화면이 멈췄다.

…….

　　　　　　　　　　　우리가 함께 듣던 밤

'응? 뭐지?

살다 보니 이런 일도 다 있네.'

신기한 일이라며 웃어넘기던 것도 잠시,

시간이 지나도 화면이 움직일 기미를 보이지 않자

관객들은 언성을 높이기 시작했다.

"아, 장난해?!"

"담당자 나와!!"

마치 1시간 같은 5분이 흐른 뒤

진땀을 흘리며 상영관으로 들어오는 매니저.

그리고 연신 죄송하다며 고개를 숙이던 그가

조치를 취하겠다며 나간 뒤부터

정말 코미디 영화 같은 일은 시작되었다.

디지털 상영이어서인지 끊긴 지점을 찾지 못하는 것이었다.

심지어 아직 보지도 않은 한참 후의 지점을 골라서

재생하는 바람에

사람들은 극도의 흥분 상태에 접어들었다.

여기저기서 들려오는 격한 욕설.

째깍째깍… 시간은 잘도 흐르고

매니저들의 얼굴은 점점 더 창백해졌다.
그리고 반 이상 본 영화를 포기하고 나갈 순 없다고
생각한 관객들은 이제 차근차근 설명하는 쪽을
택하기로 한 것 같았다.

"그 주인공이 날아다니면서 공격받던 그 장면 있잖아요.
아니, 거기 말고!"
"다 같이 나무 밑에 모여 있는 장면 다음이요."
"그건 아까 본 거잖아요. 폭발 전이요!"
"조금만 더 앞으로… 아니 조금 뒤로…."

마치 합동 과제를 하는 양
일사불란하게 움직이는 사람들….
처음엔 황당하고 화가 났지만,
점점 웃음을 참을 수가 없었다.
내가 지금 보는 게 영화인가,
아니면 영화 속에 들어와 있는 건가.
고성과 욕설이 가득했던 공간에
큭큭거리는 웃음소리가 번지기 시작했다.

결국 아쉬운 대로
끊긴 곳에서 3분 전쯤의 장면부터 보기로 합의하고

우린 그렇게 길고 긴 영화 관람을 마쳤다.
다행히 환불도 받았고
얼마 후 다시 극장을 찾아 한 번 더 영화를 보기도 했다.
물론 문제의 장면이 다가올수록
마음은 엄청 조마조마했지만.

아마 예전처럼
영사실에서 필름을 돌리던 시절이었다면
일어나지 않았을 사고이지 않았을까.

라디오 방송 시스템 또한 크게 다르지 않아서
요즘은 모든 게 디지털화되어 있다.
턴테이블이 스튜디오에 놓여 있지만
거의 쓰지 않아 점점 먼지가 쌓여가고
CD 역시 특별한 상황이 아니면 잘 사용하지 않는다.
모든 게 컴퓨터 안의 음원과 자동 시스템으로
연결이 되어 있어 편리함은 이루 말할 수 없지만,
간혹 예고 없는 오류에 노출되기도 한다.
이를테면 갑자기 음악이 멈춘다거나
기계가 먹통이 된다거나 하는 상황.

마이크 앞에 앉은 사람은 식은땀이 절로 나지만
신기하게도 듣는 이들은 어쩌다 일어난
방송 사고에 뜨거운 반응을 보내온다.

'와, 이런 일도 있네요?'
'괜찮으니 침착하게 하세요.'
'이런 게 생방의 묘미 아닌가요?'

묘미….

그날의 극장에서 결국
모두 웃으며 넘길 수 있었던 건
진땀 빼며 수습하던 직원과 관객들의 소통이
묘한 재미를 안겨주었기 때문일 것이다.
삐끗거리고 주춤대며 흘러가는 그 모양새가
왠지 우리의 일상과 닮아 있다는 안도감 때문이었을 것이다.
시원한 대리 만족을 선사하는 히어로물에 환호하다가도
조금은 어리숙하고 평범한 인물들이 펼치는
소소한 이야기에
공감하고 마음을 여는 것처럼 말이다.

우리가 함께 듣던 밤

내 맘 같지 않은 사람들에게 상처받으며 살지만,
결국은 나와 다르지 않은
그래서 긴말 필요 없는 이들에게
위로받으며 살아가는 우리…….

괜찮아요….
그럴 수도 있죠.
살다 보면 그런 날도 있는 거예요….

그에게 건네는 말은
그 언젠가의 나에게도 함께 건네는 말이었다.

결국, 남는 것

"이리 와서 이것 좀 봐라.
저 나무 이름 아니?"
"어머, 여기에 이 꽃이 피었네."

이름 모를 풀꽃들과
별반 다를 게 없어 보이는 나무들에
쏟아지는 감탄.
그 풍경 앞으로 이리저리 끌려다니며
어색한 포즈를 취하던 내게
'남는 게 사진이야'를 연발하는 어른들의 모습은
고개를 갸웃하게 했다.

우리가 함께 듣던 밤

'저걸 찍을 시간에 그냥 한 번 더 보는 게 낫지 않을까?
다 똑같아 보이는데….'

✦

"엄마. 우리 집 앞에 못 보던 꽃나무가 생겼는데
너무 예쁘더라구요. 이거 이름이 뭐예요?"

"어머, 배롱나무잖아. 백일홍!
이거 어디서 찍은 거니?
백일홍은 이맘때부터 늦은 여름까지
백 일 동안 피고 진다고 해서
백일홍이라고 부르는데,
시골에 가면 색깔이 오묘한 게 참 많아."

아무 생각 없이 보여준 사진에
엄마는 마치 식물학자처럼 정보를 줄줄 쏟아냈다.
뭐랄까. 평소와 다른 묘한 동질감을 느끼던 날.

"그나저나 너도 이제 나이 들었나보다.
이런 사진을 다 찍고….
네 할머니도 이 꽃 참 좋아하셨는데…."

라디오 방송국에서 리포터로 일을 시작하던 첫해,
내게 주어진 과제는 적잖이 당황스러운 것이었다.
경기도내 농촌 곳곳을 찾아가 정취를 담고
생생한 인터뷰를 따오라는 PD의 지시.
주민들의 일상, 이장님의 친근한 마을 소개,
평소 들을 수 없던 자연의 소리들….
소리로 모든 것을 전달해야 한다는 점도 어려웠지만,
가장 힘든 건 몇 시간씩 혼자 버스를 갈아타며 길을 찾고
일정을 소화해야 한다는 사실이었다.

'처음엔 고되도 나중엔 여행처럼 좋은 추억이 될 거야.
경치 좋은 곳엔 가족들도 한번 모시고 가봐.'

파김치가 되어 침대에 누워 있던 어느 저녁,
문득 담당 PD의 말이 생각났다.
그렇게 외할머니와 엄마를 모시고 다니기 시작했다.
물론 '모셨다'는 건 나만의 생각인지도 모르겠지만…….

밥상 가득 수많은 진미를 차려두고도
식사 중인 주민들을 인터뷰하느라 한 숟갈도 넘기지 못했던

파주 민통선 안의 작은 콩마을.
이장님의 순박한 미소가 인상 깊던 이천의 우렁마을과
파란 하늘 아래 끝없이 늘어선 장독들이 장관을 이루었던
안성의 한 농원.
달콤한 수액 맛을 처음 경험했던 남양주 고로쇠마을.

우린 취재 틈틈이 마을을 배경으로 나란히 서서
많은 사진을 찍었다.
하지만 이 아름다운 순간이 왜 한편으론 슬프게 느껴지는지
그땐 알지 못했다.
그리고 얼마 전 우연히 발견한 그날의 사진 한 장.
일순 고이는 눈물이 모든 걸 설명해주었다.

"어르신도 이리 오셔서 맛 좀 보셔요.
정말 시원하고 달아요…."

손녀 일하는 데 방해가 될까
먼발치에 계시던 할머니를 기어코 모셔온 이장님이
나무에 매달린 고로쇠 수액 호스를 건넨다.

"아이고 됐습니다. 아니에요."

"할머니. 괜찮아요. 한번 드셔보세요.
제가 사진 찍어드릴게요.
여기 보세요. 에이 조금 더 활짝~
하나 둘 셋!"

　※　아이 앨범을 정리하다 발견한 오래전 영상에
　　　종일 마음이 저립니다.
　　　'할머니 이렇게 해봐. 아니 이케이케.
　　　주니 말 잘 들어야지!"
　　　제법 어른 흉내를 내는 손녀의 재롱에
　　　깔깔거리며 웃는 엄마의 목소리….
　　　그땐 저 웃음소리가
　　　이토록 사무치게 그리워질 줄 몰랐어요….
　　　오늘 밤엔 꿈에라도 한 번 나타나 주시겠어요?
　　　엄마.

　　　_ 향숙 님

늘
그
자리에
있을게

사람들은 모두 변하나봐

그래 나도 변했으니까

모두 변해가는 모습에

나도 따라 변하겠지

_ 봄여름가을겨울 〈사람들은 모두 변하나봐〉 중에서

이 오래된 노래가 여전한 공감을 주는 까닭은

변해버린 것에 대한 안타까움만큼은

절대 변하지 않을 거란 믿음 때문일까.

전화기 뜨겁도록 밤새 사랑을 속삭이던 그에게

오늘의 작은 안부조차도 궁금하지 않게 됐을 때.
반짝이는 눈으로 꿈을 얘기하던 친구에게서
더 이상 그 어떤 설렘이나 생기도 찾을 수 없을 때.
우린 쓸쓸하게 말하곤 했다.

"변했어……."

하지만 우린 두 마음을 모두 품고 산다.
더 나아지고 싶고.
또 변하고 싶지 않다.

초심을 잃지 않는 것은 아름다운 덕목이지만
발전 없는 삶은 쉽게 손가락질받고,
한결같은 모습은 소신 있다 칭송받다가도
무모한 고집이란 평가를 듣는다.

화려한 최신식 건축물에 대한 환상 뒤엔
오래전 공을 차고 놀던 동네에 대한 그리움이
짙게 배어 있다.
삶이 어려운 건 어쩌면 이 때문인지도 모른다.

강산이 변하는 데는 이제 10년도 길다.

첨단 기술로 무장한 제품들은
하루가 멀다 하고 최신품을 쏟아낸다.
변하지 않고는 살 수 없는 이 세상에서
휩쓸리지 않도록 붙들어주는 게
하나쯤은 필요했는지 모른다.
그게 나였고,
그게 당신임을 잊지 않을 수 있는
작은 흔적.

그 공간에서 우린 안도하고
새로운 꿈을 꾸었다.

저 내일 결혼해요.
고등학생 때부터 듣던 언니 방송을
예비 신랑과 듣고 있으니 더 행복해지는 밤이에요.
늘 그 자리에 있어주어서 고마워요.

결혼 전부터 들었는데 어느새 두 아이의 아빠가 되었네요.
야근을 마치고 가족이 기다리는 집으로 향하는 길.
언제 들러도 변함없는 이곳이 있어 참 다행입니다.

교복 입던 여학생이 웨딩드레스를 고르고

혼자가 셋이 되고 넷이 될 수 있는 시간만큼
이곳에 머물렀다는 게
아직도 실감이 나지 않는다.

늘 거기, 변함없이 있어 주어서 고맙다고 말하는 그들은
아이러니하게도 참 많은 변화 속에 살고 있었고,
그런 놀랍고 고마운 이야기를 받아든 나는
새삼 '변치 않음'의 의미를 생각해본다.

참 고마웠다.
빌딩 숲으로 변해버린 나의 동네에
여전히 남아 있는 오래된 나무 한 그루….
세월의 흔적 가득한 친구 얼굴에 문득 스친
어린 날의 개구진 표정.
첫 출근 날 잔뜩 얼어 있는 후배의 모습에서
찾아낸 오래전의 나.

6부

내가 머물던
세상은
어느덧 한 뼘 더
아름다워져 있었다

소파에 한껏 늘어져 있던 일요일 오후.
무료함에 텔레비전을 켜니 다큐 한 편이 방송되고 있었다.

어떤 주제였는지는 기억나지 않지만
늘 습하고 흐린 런던의 하늘에
모처럼 태양이 얼굴을 드러내던 순간이었고,
여유롭게 일상을 즐기던 사람들은
어디론가 바삐 움직이기 시작했다.
호수나 잔디가 있는 공원이라면 좋겠지만,
상황이 여의치 않은 사람들은 건물 옥상도 마다하지 않았다.
썬베드도 오일도 없는 딱딱한 시멘트 바닥 위에서
윗옷을 벗고 온몸 가득 햇살을 바르는 사람들.

더 이상 만족스러울 수 없다는 표정.

"안됐네….
얼마나 햇빛을 못 보면…."

측은한 시선을 가득 담아 보냈던 게
불과 몇 년 전의 일이다.

매일 아침 눈을 떠 그날의 공기질을 체크하는 게
일상이 될 줄 누가 알았을까.
초미세먼지 '보통'.
오랫동안 굳게 닫혀 있던 창문을 열다가
만족스럽게 일광욕을 즐기던 텔레비전 속의
얼굴들이 떠올랐다.

"참 안됐네. 우리…."

마스크로 반쯤 얼굴을 가린 사람들과
뿌연 먼지 속 희미하게 솟아 있는 건물들을 보고 있으면
어린 시절에 보았던 공상 과학 만화 한 편이

묘하게 겹쳐진다.

환경 오염으로 더 이상 살기 어려워진 지구를 떠나

광활한 우주에서 대안을 찾는 주인공들.

꽤 심각하고 어두운 색채로 그려진 그 만화의 배경은

2020년이었다.

어린 마음에도 제법 두려운 모습이었는지

그날까지 얼마나 남았나 손으로 꼽아보기도 했는데

그땐 정말 먼 훗날의 얘기라고만 생각했다.

✉

"게임 잘하는 사람이 대우받는 시대가 온다니까….

전화 통화도 걸어 다니면서 하고."

"안 무거울까?"

"작은 게 나오겠지. 아! 컴퓨터도 막 들고 다닐 거야.

거기서 편지도 쓰고, 라디오도 보고."

"왜 미래엔 물도 사 먹는다 하고 그러지 그러냐?"

_ 영화 「써니」 중에서

알 수 없는 미래에 따라붙는 불안함을 이기는 건

언제나 지금보다 좋은 세상이 펼쳐지리라는 기대감이었고,

이 장면에서 감독의 의도대로 웃을 수 있었던 건

그 기분 좋은 상상이 이미 현실이 되어 있기 때문이었다.

※　오늘은 날이 정말 좋았어요.
　　아이들과 오랜만에 공원 나들이도 하고,
　　환기도 하고, 이불 빨래도 마쳤네요.
　　손에 잡힐 듯 새하얀 구름을 오늘만큼
　　오래 바라본 적이 있었던가요.

　　_ 8792 님

파란 하늘과 선명한 솜털 구름의 아름다움,
어디서든 깊게 숨 쉴 수 있는 자유를 이야기하는
사연들이 늘어간다.
수많은 물건으로도 채우지 못했던 행복을
맑은 하늘 하나로 충전시킬 수 있게 된 건
불행 중 다행일까.

그래.
생각해보면 가장 아름다운 날들이었다.

천천히 흘러가는 구름에 이름을 지어주며
오래도록 하늘을 올려다보던 어느 봄날도.
"바람 참 좋다."
나란히 발맞추어 걷던 그의 얼굴에
피어오르던 미소도.

　　　　　　　　　　　　　　우리가 함께 듣던 밤

잠을 깼어 지루한 여름 때문에

잠을 깼지 깨어보니 그대 생각이나

밖을 봤네 답답한 거리

술렁거리는 사람들

밖을 봤지 그대 생각이 나

_ 김현철 〈32도씨 여름〉 중에서

경쾌하고 청량한 멜로디와는 제법 대비되는 노랫말.

숨 막히는 더위 속에서도 떠오르는 얼굴이라니.

그 사랑의 크기를 짐작하게 하는 가사지만

사실 이 노래는 제목 덕분에 더 인상에 깊게 남아 있다.

32도씨 여름.

32도?
여름을 상징하는 온도라기엔 너무 어중간한데?
38, 39… 끝없이 치솟는 숫자.
'대프리카'니 '서하라'니
온갖 별칭들이 쏟아지는 이 여름에 32도 정도면
아주 서늘한 날씨가 아닌가.
이 곡이 90년대 초반에 발표됐다는 사실을 알게 된 뒤에야
가만히 고개를 끄덕여본다.

늦은 시간대의 음악 방송이라
잔잔한 템포와 부드러운 멜로디의 노래가
주로 소개되곤 하지만 이 계절만은 예외다.
특히 역대급 더위라던 이번 여름은
속이 뻥 뚫리는 음악이라도 들어야 잠이 올 것 같다며
쿵쿵 울리는 빠른 비트의 음악과 추억의 댄스곡을
신청하는 이들로 가득했다.
아마 가을이나 겨울이었다면
늦은 밤 너무 시끄러운 거 아니냐는 불만 가득한 글을

꽤 받았겠지만.
음악만큼 계절과 날씨의 영향을 크게 받는 장르가 또 있을까.
웃음이 절로 난다.

회사 근처에 봉숭아꽃이 보이길래
어릴 때 생각도 나고 그래서 몇 잎 뜯어왔어요.
집으로 돌아와 아이와 남편 손톱에
물들여주니 정말 좋아하네요.
(사실 남편이 더 좋아합니다.)
랩으로 손가락을 꽁꽁 싸맨 채 잠이 든 부녀가
참 사랑스러운 밤이에요.

_ 이현진 님

출장 갔다 돌아오는 버스에서 내려
올해 첫 매미 소리를 들었습니다.
시끄럽지만 반가운 이 소리….
이제 정말 여름이구나 싶어요.
우리 잘 지내보자~!

_ 8802 님

방은 너무 더워서 온 가족이 거실로 피신했어요.
선풍기에선 더운 바람만 나오지만,

오랜만에 함께 누워 키득거리며 보내는 이 밤도
나쁘지 않은데요?

_ 정아 님

점점 길고 뜨거워지는 애증의 계절.
이제 그만 질척이고 가을을 보내달라는 소망들이
쏟아지지만
그래도 이 더위가 없었다면 느끼지 못했을
소소한 기쁨 역시 늘어간다.

남은 날들을 부탁해….
여름아.

우리가 함께 듣던 밤

✳ 저는 어마어마한 길치예요.

주차해놓은 위치를 못 찾아 온 주자창을 헤매고

식당에서 화장실에 갔다가

돌아오는 길에 엉뚱한 테이블에서 친구를 찾아요.

오늘도 회식 장소를 못찾아서 30분이나 늦는 바람에

동료들에게 핑계 대느라 진땀을 뺐네요.

아, 속상합니다.

저만 그런 건 아니라고 말해주세요

_ 3643 님

당연히 아니다.
그 슬픔, 너무나 잘 이해하는 사람이
여기 또 있으니까.

남들이 한두 번 만에 외울 길을 수십 번 반복해야 하고
처음 가는 장소에선 왔던 길을 고스란히 되짚느라
잔뜩 긴장하며 걷는 건 기본.
내비게이션 없는 차를 가지고 방송국으로
장거리 출퇴근을 하던 초보운전 시절엔
온몸에 너무 힘을 주고 다녀
늘 두통과 어깨 통증을 달고 살 정도였다.
이런 사연이 소개되는 날엔
외롭지 않다며 안도하는 반응들도 함께 쏟아지고
나도 그 사이에 끼어 멋쩍게 웃어본다.

그래도 다행이라면
길치만이 누릴 수 있는 좋은 점이 있다는 것이다.
쉽게 익숙해지지 않는 것.
늘 낯설음 속에 있을 수 있다는 것.

음…?

우리는 스스로를 낯선 환경에 던져 넣기 위해
무던히도 애쓰며 살아가는 존재이니까.
익숙함은 어느새 당연함이 되어
감동의 순간을 앗아간다는 걸 알기에
집 앞에 아무리 아름다운 정원이 있어도
먼 길을 돌아 낯선 풍경을 좇고
새로운 책과 영화를 뒤적이고
또 다른 흥밋거리를 찾아 헤맨다.

그렇게 신중히 고른 책의 마지막 페이지를 덮고
서서히 오르는 엔딩크레딧을 보며 자리에서 일어났을 땐
방금 경험한 만큼의 새로운 시선을 선물받았고,
낯선 풍경에서 슬며시 빠져나와 집으로 돌아왔을 땐
내가 머물던 세상이 한 뼘 더 아름다워져 있었다.

너무나 익숙하고 당연해진 것들에
색안경을 씌우고 '왜'라는 물음을 던져야 하는 건
시인이나 철학자만의 숙제가 아니다.

그러니
매일 지나는 거리에서도 새로움을 발견할 수 있고
집 앞 공원을 산책하면서도 설레는 여행이라 느낄 수 있는 우리는 얼마나 축복받은 사람인가.

정말이다.
우리는 행운의 여행자이다.

🌿

널 따라오는 시원한 바람

길가에 가득한 아카시아

아무도 돌보지 않지만 건강하게 흔들리고 있어

어느새 너의 앞엔 작은 비밀의 공원

낡은 벤치에 앉아 눈을 감고

마음속으로 다섯을 센 뒤 고개를 들어 눈을 뜰 때

넌 최고의 오후를 만나게 될 거야

_ 페퍼톤스 〈공원 여행〉 중에서

우리가 함께 듣던 밤

온종일 삼계탕 얘기라니
이제 신물이 날 지경이에요.

연인 없는 사람들은 서럽네요.
그깟 사탕이 뭐라고.
달달한 사연 그만 소개하면 안 되나요?

애청자 중 상당수는
이른 아침부터 일과를 마무리하는 시간까지
계속 라디오를 켜놓는 경우가 많다.
그렇다 보니 이런 날들엔
비슷한 오프닝과 사연을 반복해서 들어야 하는

피로함이 있을 것이다.

때마다 찾아오는 절기,
매달 14일의 데이들과 각종 기념일,
크리스마스를 비롯한 다양한 공휴일.
입학, 졸업, 수능…….

밤 10시는 이런 불만들이 최고조가 되는 시간이고,
나 역시 특별한 날들보다는 평범한 일상 이야기를 나누는 게
조금 더 편하고 자연스럽기는 하다.

하지만 때론 그런 요란스러움이
그날이기에 가능한 이야기와 음악이
제법 눈에 띄는 책갈피가 되어주었다는 건
부인하기 어렵다.
짝사랑남에게 처음으로 용기를 냈던 밸런타인데이나
함박눈이 내리던 크리스마스.
수능이 끝난 뒤 찾아갔던 극장 맨 뒷자리.

오래도록 아끼던 뮤지션의 비보가 들려온 날에는
라디오에서 하루 종일 그의 음악이 흘렀고,
경춘선이 사라진다는 기사를 접한 날에는

우리가 함께 듣던 밤

〈춘천가는 기차〉를 들어보자는 이들이 줄을 이었다.
저작권 문제로 어느 순간 거리에서 캐럴을
들을 수 없게 됐을 때
공허한 마음을 달래러 찾아온 이들은
몇 주간 이어지는 종소리 가득한 음악에도
지루함을 얘기하지 않았다.

비 오는 수요일이나 가을의 문턱을 알리는 입추,
벚꽃이 만개하는 봄날, 눈 내리는 겨울밤 역시
듣지 않고 지나가면 서운할 음악들이
라디오에 가득했다.

아름다운 순간을 기념하기 위한 음악들만 있는 건 아니었다.
때론 많은 이의 사랑을 받은 노래 한 곡이
10월의 마지막 날을 특별하게 만들었고,
작곡가의 개인적인 연애담이 배어 있는 노래 덕에
5월의 하루를 가슴에 담게 되기도 했다.

오늘은 제가 제 생일보다 더 좋아하는 날이에요.
공일오비의 팬이라 그들의 음악을 평소에도 자주 듣지만
제가 가장 좋아하는 이 노래는
꼭 오늘 들어야 가장 느낌이 살거든요.

들려주실 거죠?

〈5월 12일〉.

그렇게 우리에겐

때마다 찾아 듣지 않으면 안 될 음악들이

필요한지 모른다.

나와는 상관없다고, 더 외로워질 뿐이라고,

이젠 지긋지긋하다고 외쳐도

그들의 이야기에 마음을 묻고

반복되는 음악에 쌓여 보내다 보면

어느새 불안한 마음은 작은 배 위에 두둥실 떠다니고 있었다.

비슷비슷한 사람들의 사연들이

머지않은 나의 이야기가 될 거라 믿으며

잠들 수 있게 되었다.

또 한 번 내일의 음악을 기대할 수 있게 되었다.

우리가 함께 듣던 밤

✳ 오늘 갑자기 무슨 용기가 생겼는지

월차를 내고 혼자 바다를 보고 왔습니다.

춥고 쓸쓸했지만 이상하게도 마음이 편안해졌어요.

좀 외로워도 괜찮다. 남들보다 느리게 걸어가도 괜찮다.

말없이 다독여주는 것만 같았어요.

찬바람을 맞고 와서 감기 기운이 있지만

오늘밤은 편하게 잠들 수 있을 것 같아요.

_ 정민 님

지금 당장 집으로 향하는 그 길을 벗어나

어디론가 떠나라는 말을 듣는다면

머릿속에 가장 먼저 스치는 장소는 아마 이곳이 아닐까.

내가 머물던 세상은 어느덧 한 뼘 더 아름다워져 있었다

지금 있는 곳에서 가장 가까운… 바다.
그중에서도 특히
춥고 볼 것 없기로 소문난 겨울 바다에 대한 로망은
매년 우리를 찾아와 마음을 흔들어놓곤 한다.

'더 이상 가을이라 우길 수 없는 날씨네요.'
'푸른하늘의 〈겨울 바다〉가 듣고 싶은 날입니다.'

아마 이런 사연이 오기 시작할 무렵이었을 것이다.
아쉬운 푸념과 상념이 쌓이는 계절이 오면
나에게도 어김없이 떠오르는 장면이 하나 있다.

대학 졸업을 앞둔 어느 날이었다.
카페에 앉아 이런저런 고민을 나누던 친구와
어떤 말이 시작이 되었는지 모르겠지만,
'바다를 보고 오자'라는 결론에 이르렀다.
지금이 아니면 안 될 것 같은 막연한 기대감으로
자리를 박차고 일어난 우린
아버지 차를 빌려온 친구네 집 앞에서
인천의 한 해수욕장으로 출발했다.

영화 속 주인공이 된 듯한 묘한 해방감으로

키득거리며 한 시간여를 달렸을 때
서서히 시야에 들어오는 붉은 일렁임.
알록달록한 간판의 횟집들과
낡은 어선 몇 척.
간간이 내려앉았다 푸드덕 날아가는 바다새들까지
달리는 내내 기대하고 상상했던 그 모습 그대로였다.

"음… 바다네."
"그럼 바다가 바다지. 뭘 기대했어?"
"그냥, 겨울 바다는 뭔가 다를 줄 알았지.
잘 지냈어? 우리 왔어~."

실없는 농담을 주고받던 우린
가만히 서서 수평선 밑으로 천천히 몸을 낮추는
석양을 바라보았다.
그리고 곧 아무 말도 할 수 없었다.

살갗을 파고드는 찬바람에
어지러이 오가던 생각들이 지워지는가 싶더니
서러움인지 두려움인지 알 수 없는 감정이
차오르기 시작했다.
터지는 눈물에 당황스러운 건 그녀도 나도 마찬가지였다.

검붉은 파도는 제 앞에 불안하게 선 두 그림자를 안고
천천히 밀려오고 떠나가길 반복했다.
제법 찬기운에 몸서리치며 정신을 차렸을 땐
하늘과 바다의 경계가 사라질 만큼 어두워진 뒤였다.

"춥다. 가자…."

캄캄한 배경 앞에서 엉망이 된 서로의 모습을
카메라에 한 컷씩 담고 서둘러 집으로 향했다.

그 이후로도 많은 노을을 만났고, 많은 바다를 보았지만
별것 없었던 그날의 겨울 바다만큼
생생하게 남아 있는 풍경은 없다.

물론 그 짧은 여행이 당시의 고민을 다 해결해준 건
아니었다.
자소서를 붙들고 씨름하는 날도
불안한 내일 앞에서 갈팡질팡하는 날도 여전했지만,
'그날 기억나?'라는 한마디는 마치 마법의 주문과도 같았다.
그 순간만큼은 긴장으로 굳은 어깨를 풀고 웃을 수 있었다.
조급함으로 달려가던 마음을 잠시 쉬게 할 수 있었다.

우리가 함께 듣던 밤

겨울 바다로 가자
메워진 가슴을 열어보자
스치는 바람 불면 너의 슬픔 같이하자
너에게 있던 모든 괴로움들은
파도에 던져버려 잊어버리고

_ 푸른하늘 〈겨울 바다〉 중에서

차디찬 바닷바람 부는 그곳으로 떠나고 싶다는
사연의 말미엔 늘 이 문장이 따라오곤 한다.
'이유는 모르겠어요.'

나 역시 늘 궁금했다.
그날의 바다가 준 것은 무엇이었을까.
우리는 그 바다에 무엇을 던지고 왔을까.

잘 지냈느냐 장난스레 묻던 내게
끊임없이 속삭이던 바다의 목소리가,
단조롭게 철썩이던 파도의 낮고 고요한 응원이
이제야 조금씩 들리는 듯하다.

잘 왔어… 잘 왔어….
괜찮아… 괜찮아….
또 와… 또 오렴….
나는 언제든 이곳에 있을 테니….

나는 당신의 팬

요즘 빠져 있는 배우의 예전 드라마 시리즈를
몰아보느라 밤을 홀딱 샜습니다.
회의 중에 졸아서 팀장님에게 한 소리 들었지만
자꾸 히죽히죽 웃게 되네요.
이 정도면 중증이죠?

딸아이가 이번 기말고사에서 반 1등을 한 성적표를
의기양양하게 내밉니다.
정말 해낼 줄 모르고 반 농담 삼아 한 약속인데 좀 놀랐네요.
어쨌든 좋아하는 아이돌 콘서트를 보내줬습니다.
이틀 내내 소리 지르느라 목이 쉬었는데 귀가 아주 입에 걸렸네요.

우리가 함께 듣던 밤

돌려받을 마음에 기대지 않은 채 사랑하고
한 점 질투 없이 상대가 꿈을 이루고
행복해지길 바라는 것.
어쩌면 가까운 친구나 연인 사이에도
실천하기 쉽지 않은 덕목은
누군가의 팬이 되는 일이다.
생각보다 많은 시간과 에너지를 쏟아부어야 하고
그 수고로움을 알아주는 사람 역시 없지만
단조롭던 일상에 활력을 불어넣어준다는 이유 하나만으로도
모든 부작용은 용서된다.

어느 날 빙판 위 가냘픈 모습의 한 소녀가 눈에 들어왔다.
국내외 언론이 주목하는 피겨 유망주란다.
우리나라 선수가? 피겨를?
호기심에 그녀의 경기 몇 개를 찾아본 게 시작이었다.
정신을 차려보니 어느새 나는 팬 카페에 댓글을 달고 있었다.
밤새 해외 중계방송을 돌려 보고
피겨 용어를 공부하고 복잡한 채점표를 해석하고 있었다.
많은 이들이 그랬던 것처럼 나 역시 김연아 선수의
열렬한 팬이었다.

고난도의 기술은 물론 예술 작품을 보는 듯
아름다웠던 빙판 위의 연기.
어느 하나 감탄 없이 볼 수 있는 게 없었지만
사실 내가 그녀를 사랑하는 가장 큰 이유는 내면의 힘이었다.

그녀는 늘 단단했다.
어깨 위에 온 국민의 기대를 얹고서도
흔들림 없이 자신만의 연기를 펼쳐보였다.
자신이 경기를 하고 있는 곳이 어디인지
앞뒤의 선수가 누구이고 어떻게 경기를 마쳤는지는
전혀 중요해 보이지 않았다.
생각 못한 실수가 있어도 피식 웃으며 흘려보냈고
높은 점수를 받게 되는 날엔 의외라는 듯
놀란 표정을 지은 뒤
팬들의 환호에 화답할 뿐이었다.
요란스러울 것도, 억울할 것도 없었고
자신의 노력과 수고를 부풀릴 생각은 더더욱 없어 보였다.
그 모습은 겸손과는 다른 성질의 것이었다.
나는 그 모습이 정말 놀라웠다.
솔직히 조금은 충격이었다.

우리가 함께 듣던 밤

그리고 그녀에게 찾아온 꿈의 무대.

여느 때보다도 완벽한 연기를 끝마친 후

그녀는 비로소 눈물을 터뜨렸다.

어깨를 들썩이며 아이처럼 펑펑 울었다.

(그간 그녀가 보여준 어른스러움에 그녀의 나이를 잊고 있었다.)

대중의 관심이 부담스럽지 않았던 것도

수많은 성과를 대수롭지 않게 여긴 것도 아니었다.

그녀의 단단함은 자신에 대한 뿌리 깊은 믿음과

사랑이 있어서

가능했다는 사실을 어렴풋이 알 수 있었다.

그녀에게 빠졌던 그때는

나의 자존감이 바닥을 치던 때이기도 했다.

방송 울렁증도 심했고

이 일이 내 길이 아닐 거라는 의심으로 가득하던 시절이었다.

누군가의 성취를 지켜보는 게 고통스러웠고,

어떤 결과물은 단지 운이 좋아 쉽게 얻은 거라

치부하고 외면해버리기도 했다.

하지만 그녀를 통해 조금씩 알아차리게 되었다.

내가 아무리 애쓰고 노력해도 버릴 수 없었던

긴장감과 불안함의 이유를.

누군가의 팬이 되는 일이 얼마나 행복한 일이며
그녀에게 관심을 갖고 응원을 보낼수록
나 자신에게도 조금 덜 가혹해지자고,
조금 더 기회를 주자고 말하게 된다는 걸.

그 뒤 나는 되도록 많은 이의 팬이 되려 애썼다.
그건 삶을 여유 있게 만들어주는 동시에
나 자신을 응원하는 색다른 방법이기도 했다.

꽃 평소 별로 좋아하지 않는 동료 한 명이 있었어요.
  왠지 노력 없이 모든 공을 가져가는 것 같고
  모든 사람에게 잘 웃고 친절한 모습도
  계산된 행동처럼 보였죠.
  그런데 얼마 전 회식 중에 어쩌다
  라디오 얘기가 나왔는데
  자기가 윤희 씨 방송을 듣고 있다는 거예요.
  반가운 마음에 몇 마디 나누다 보니
  음악 성향도 비슷하고
  의외로 그림 그리는 취미도 있더라고요.
  사진 몇 장을 보니 실력이 상당했어요.
  제가 그림 잘 그리는 사람에 대한 동경이 있는데….
  진짜 웃긴 일이지만 우린 점점 가까워지고 있어요.

대화를 나누다 보니 정말 잘 웃는 순수한 사람이었고
티를 안 낼 뿐이지 진짜 노력파였어요.
그동안 오해해서 미안하다고 전하고 싶어요.
오랜 우정 이어가자고 말하고도 싶고요.

_ 3927 님

물론 모든 사람과
이런 해피엔딩을 만들 수는 없을 것이다.
'내 맘 같지 않은'
'나와 다른 부류의'
우리가 상처받고 괴로워하는 일들의 시작점이며
마음을 불편하게 만드는 이유였으니.

하지만 다름은 누군가의 팬이 될
절호의 기회이기도 하다.
되도록 많은 이의 팬이 되어보자.
미움이, 불편함이 잦아질 때까지
그를 동경할 만한, 다시 보게 할 만한
아주 작은 구석이라도 찾아보자.
아마 그를 인정하고 이해하게 됐을 때쯤엔
나에게도 더 큰 응원과 사랑을 보내게 되지 않을까.

그리고 어느새 당신의 팬을 자처하는 이도
조금씩 늘어나 있지 않을까.

우리가 함께 듣던 밤

아이처럼 어리광을 피울 수도
어른처럼 무엇 하나 내 힘으로 온전히 해낼 수도 없는
어중간한 나이를 지나던 시절.
밤하늘의 별을 보며 자주 상상했다.

'나만의 비밀 친구가 있다면…….'

그의 모습은 램프를 든 '지니'여도 좋았고
앙증맞은 날개를 단 '팅커벨'이거나
호박을 단숨에 마차로 바꿔놓은
요정 할머니여도 상관없었다.

창가에 기대 그에게 하루 이야기를 털어놓고
마음속 소망을 말하는 순간만큼은
그간의 모든 무력함이 사라지는 듯했다.
하지만 어린 몽상가의 삶에도
늘 예상 못한 난관이 있었으니…

'가장 강력한 하나의 소원으로는 무엇을 말하면 좋을까?'
이 질문의 답을 찾는 일이었다.

건강하기만 한 삶은 지루했고,
돈으로 가득 찬 삶은 왠지 모를 죄책감이 들었다.
좋은 학교에 들어가는 걸 말하자니
성적이 인생의 전부는 아닐 것 같았고,
원하는 일을 하며 행복하게 살기를 바라자니
내가 정말 뭘 하고 싶은지 알 수가 없었다.

그때부터 어렴풋이 깨달았던 것 같다.
소원을 비는 일조차 쉽지가 않다는 걸.
준비가 되어 있는 이에게만 허락되는 일이라는 걸.

 ※   오늘 유성우가 쏟아진대서
      아까부터 계속 기다리고 있어요.

저 요즘 정말 간절히 원하는 게 있거든요.

떨어지는 빛을 눈에 담고 조금 더 용기를 얻고 싶어요.

언니도 오늘 빌 소원이 있나요?

_ 유나 님

무더위에 온몸이 흐느적거리는 날이었다.

하지만 무려 '130년 만의 우주쇼'라니…

금쪽같은 새벽잠을 포기하고 창가에 자리한 이웃들과

낭만을 공유하고 싶었다.

방송이 끝난 뒤 집으로 돌아와

편한 의자 하나를 베란다에 가져다놓았다.

쉬지 않고 울어대는 매미 소리와

저 멀리 호프집 파라솔에서 피어오르는 웃음소리…

여름밤은 쉬이 잠들지 않았고

가만히 서서 하늘을 바라보는 사람들의 실루엣 역시

꽤나 운치 있고 위로가 되었다.

하지만

한 시간, 두 시간……

쏟아진다더니 이렇게 잠잠할 수가 없었다.

오기로 버텼지만

하품을 연발하느라 눈물이 차오를 지경.
낭만이고 뭐고
이제 그만 일어나야 하는지를 고민하고 있을 즈음이었다.
가늘게 호를 그리는 빛줄기 하나.

'저건가…?'

눈을 비비고 정신을 차리니
조금 더 선명한 꼬리가 반짝이며 떨어졌다.

아, 드디어!!
박수를 치며 환호하다 가슴 한쪽이 허전해짐을 느꼈다.
소원을… 빌지 못했다.

별똥별에 소원을 빌면 이루어진다는 말은
제법 설득력 있는 말이었다.
찰나의 순간, 떨어지는 별을 보며
망설임 없이 외칠 수 있는 소망이라면
호기심으로 한두 번 떠올린 게 아닐 테니.
문을 여는 순간이 현실처럼 느껴질 정도의 간절함이라면
그 길로 걸어가는 것이
너무나 자연스러운 일일 테니 말이다.

어쩌면 가장 큰 축복은
지금 우리에게 갈망하는 소원이 있다는 것,
그 자체가 아닐까.

사연 속 그녀가 소원을 빌고
흐뭇한 마음으로 잠들었기를,
오늘 당신의 밤에도
따뜻한 별빛이 내리길 바라본다.

사랑하는 사람들 품으로
지나간 추억에 따스함 위로
어머니의 주름 그 사이로
그 밤에 그 밤
그 밤에 그 밤
따뜻한 별빛이 내린다

_안녕바다 〈별빛이 내린다〉 중에서

우리가 함께 듣던 밤

　※　이삿짐을 정리하다가

예전 다이어리들을 뭉텅이로 발견했습니다.

근래 되는 일이 하나 없다고

내 인생은 매일 제자리걸음이라고 불평했는데,

5년 전의 저는,

이젠 습관처럼 손에 익은 업무가 낯설어

매일 상사에게 꾸지람을 들었고,

2년 전의 저는,

짝사랑하던 그로부터

생각지도 못한 고백을 받은 뒤

너무 행복해서 눈물까지 흘렸었네요.

그 사람의 마음을 얻을 수 있게 해달라고

내가 머물던 세상은 어느덧 한 뼘 더 아름다워져 있었다

실수 없이 능숙하게 일을 마무리할 수 있게 해달라고
밤마다 빌었는데
어쩜 이리도 까맣게 잊고 살았을까요?

_ 2553 님

새해가 되면 다이어리 앞장이든 가슴 깊숙한 곳이든
적게 되는 리스트가 있다.

자격증 취득.
유럽 배낭여행.
다이어트.
이직.
뜨거운 연애.

몇 번의 실패와 좌절을 겪은 뒤로
막연하고 흐릿하던 그날의 윤곽이 보이기 시작하면
두근거림에 잠 못 드는 날들이 이어졌다.

'내일 첫 출근을 합니다. 긴장되네요.'
'고백 성공. 오늘부터 1일이네요!'
'드디어 내 집 장만의 꿈을 이루게 되었습니다.'

우리가 함께 듣던 밤

하지만 성취의 기쁨은 기대만큼 오래가지 못했다.
설렘과 초조함 속에 기다리던 날들은
알람을 울리기 무섭게 기억에서 빠르게 사라졌다.
원하던 대학에 합격하고
꿈꾸던 집에서 살게 되어도
서로의 마음을 확인한 기적 같은 순간 뒤에도
우린 금세 다른 걱정거리를 찾아냈다.
이 순간을 얼마나 기다렸는지
얼마나 많은 노력과 간절함이 담긴 시간이었는지
돌아볼 새도 없이
다음 디데이를 준비해야 했다.

수백억의 복권에 당첨된 행복감마저도
석 달 정도면 보통 수준으로 돌아간다니….
어쩜 우리의 삶은 찰나의 반짝이는 순간들을 위해
평범한 대다수의 날을
그림자 속에 밀어두는 것인지도 모르겠다.

올 한 해도 역시 디데이보다는
그날을 기대하고 기다리며 보내는
평범한 날들이 더 많을 것이다.

어느새 몸과 마음에 익어버린,
그래서 당연해진 일과 관계들이
내 삶을 지탱하고 있다는 사실을
번번이 잊게 될 것이다.

상반기 목표.
버킷리스트.
D-100 돌입.

손에 잡히지 않는 미래의 어느 날 때문에 지쳐갈 때,
평범한 오늘 하루가 초라하게 느껴질 때,
소소하지만 벅찼던 그 순간들을
잠시 기억해낼 수 있다면 좋겠다.

처음으로 떨지 않고 발표를 마쳤을 때 들었던
아낌없는 박수 소리라든지,
노트 한쪽에 끄적인 그림을 보고
소질 있다고 말해주신 어린 시절 선생님의 미소 같은 것.
다신 안 볼 것처럼 다퉜던 그와
처음으로 나눈 속 깊은 이야기들도….

진정 우리를 나아가게 하는 건
디데이를 꼽으며 기다린 특별한 순간이 아니라
그날을 향해가며 차곡차곡 쌓아온 페이지들이었다.

평범한 이 하루도 그 언젠가 꺼내어 볼
위로가 될 수 있음을 깨닫는다.
비로소 오늘이 반짝인다.

클 로 징

순발력, 재치, 자신감.

대개 방송을 하는 사람들은 이런 자질을 기본적으로 타고나야 한다고 생각했습니다. 그리고 그런 재능과는 거리가 먼 제가 방송 일을 하고 싶다고 했을 때 주변 사람들은 의아해했습니다.

"네가? 어, 언제부터 그러고 싶었는데?"

남 앞에 서는 일, 많은 이의 시선이 집중되는 것을 극도로 두려워하던 제 마음속에 언제부터 이런 갈망이 생겼는지는 잘 모르겠습니다. 어렴풋이 품고 있던 동경이, '네가 할 수 있는 걸 해'라고 말하는 사람들에게 입증하고 싶은 마음이 아마 저를 여기로 이끌었던 것 같습니다.

그렇게 수많은 길 앞에서 좌절하고 헤매다 제가 다다른 곳은 라디오였습니다. 다시 없을 행운이었죠. 작고 아늑한 부스 안에서 애청자들의 이야기를 듣는 시간은 잊고 있던 나를 발견하는 시간이기도 했습니다.

겁먹고 움츠려 있던 어제의 나와
후회로 가득한 오늘의 나와
그럼에도 또 다른 내일을 꿈꾸는 나.

이 책은 방송이 끝난 뒤 남은 아쉬움들을 모아 만들어진 것입니다. 빠듯한 시간 속에서 미처 다 나누지 못한 이야기와 저의 개인적인 일상이 녹아 있습니다.

가까운 가족이나 친구에게도 차마 털어놓지 못한 속 깊은 이야기를 꺼내어 나눠주신 애청자분들께 감사드립니다. 매일 밤 위로받고 있다고 얘기하는 애청자분들에게 실은 제가 얼마나 더 큰 위로를 받고 있었는지 말로 표현할 길이 없습니다.

마지막 책 장을 덮었을 때,
내 맘 같지 않은 일로 가득한 세상 속에서
나를 닮은, 그래서 위로가 되는
한 조각의 시간으로 남을 수 있었으면 좋겠습니다.

우리가
함께 듣던
밤

초판 1쇄 발행 2018년 12월 5일
초판 2쇄 발행 2018년 12월 20일

지은이 허윤희
펴낸이 김선식

경영총괄 김은영
책임편집 이호빈 **디자인** 김누 **크로스교** 봉선미 **책임마케터** 이유진
콘텐츠개발5팀장 이호빈 **콘텐츠개발5팀** 봉선미, 양예주, 김누
마케팅본부 이주화, 정명찬, 최혜령, 이고은, 이유진, 양서연, 기명리, 박태준, 허윤선, 김은지, 배시영
저작권팀 최하나, 추숙영
경영관리본부 허대우, 임해랑, 권송이, 김재경, 손영은, 최완규, 이우철, 김지영, 한유현
외부스태프 본문 일러스트 양태종

펴낸곳 다산북스 **출판등록** 2005년 12월 23일 제313-2005-00277호
주소 경기도 파주시 회동길 357 3층
전화 02-702-1724(기획편집) 02-6217-1726(마케팅) 02-704-1724(경영관리)
팩스 02-703-2219 **이메일** dasanbooks@dasanbooks.com
홈페이지 www.dasanbooks.com **블로그** blog.naver.com/dasan_books
종이 (주)한솔피앤에스 **출력·인쇄** 민언프린텍

ISBN 979-11-306-1997-2 (03810)

KOMCA 승인필

다산북스(DASANBOOKS)는 독자 여러분의 책에 관한 아이디어와 원고 투고를 기쁜 마음으로 기다리고 있습니다.
책 출간을 원하는 아이디어가 있으신 분은 이메일 dasanbooks@dasanbooks.com 또는 다산북스 홈페이지 '투고원
고'란으로 간단한 개요와 취지, 연락처 등을 보내주세요. 머뭇거리지 말고 문을 두드리세요.